Écrivain-voyageur, Olivier Germain-Thomas a reçu en 2006 un Grand Prix de littérature décerné par l'Académie française pour l'ensemble de son œuvre (prix Henri Gal Institut de France). Il est notamment l'auteur de *La tentation des Indes*, de *La traversée de la Chine à la vitesse du printemps* et d'*Un matin à Byblos* repris dans la collection « Motifs » en 2009. Ses livres sur le voyage seront regroupés sous le titre *Théâtre, le monde*. Ses œuvres sont traduites en anglais, allemand, coréen et japonais. *Le Bénarès-Kyôto* a été récompensé par le prix Renaudot essai en 2007.

Pour Tintin

Mes pensées dorment si je les assieds. Mon esprit ne va si les jambes ne les agitent.

MONTAIGNE
Essais, III, 3

Note sur les transcriptions

La transcription des termes sanskrits a été faite selon l'usage (u = ou, j = dj, etc.), mais de manière simplifiée, sans indiquer les signes diacritiques. Les voyelles longues sont marquées par un accent circonflexe, sauf sur les noms de lieux.

Nous avons adopté le compliqué pinyin pour la transcription des idéogrammes chinois, sauf pour certains noms propres : Pékin, Mao Tsé-tung, Lao-tseu, Tchouang-tseu...

Les voyelles longues des mots japonais en *romanji* sont marquées par un accent circonflexe.

On ne me fera pas croire que l'affaire a été bien engagée. Du vide, un pet, du feu, des hypothèses. Arrive un germe. Et voici qu'il se prend pour Dieu sait qui, menton levé, âme soumise, ignorant combien il est une marotte du ciel.

En fait, cette aventure qui nous a donné un cœur, des humeurs et la crainte des nuits aura été un long voyage. Ma vie me sert à suivre un tel mouvement, à ma mesure, qui est infime. J'ai voyagé pas à pas vers des contrées dont les portes étaient lourdes et les issues troubles. Maintenant je me hâte. Je sais combien le temps est compté, certes le mien, mais surtout la durée où cette terre présentera encore des visages d'une glaise antique. Rien ne semble pouvoir arrêter la machine à malaxer. À quand le safari vers la dernière tribu, le dernier dieu borgne, le dernier chant de pluie ?

Vite ! le sac, les chaussures, le goût des aspérités, et me voici devant un fleuve en Inde à l'heure d'un lever de soleil tandis qu'une famille s'immerge et colore l'eau de ses vêtements gonflés. Dans la rue, un chant rappelle notre condition, l'issue par le feu de l'origine.

1

BHÂRATA

La voie la mieux frayée est aussi la plus trompeuse.

SÉNÈQUE

Assis devant le fleuve, je suis retenu par le prodige le plus simple qui soit : un lever de soleil tandis qu'une famille (père, mère, deux filles, deux garçons) s'immerge. Cercles sur l'eau. Dans la rue, au-dessus des escaliers qui descendent vers la Yamuna, on entend un chant. Des hommes se frayent un passage en courant. Ils portent une civière sur laquelle une vieille femme est étendue. Son visage est peinturluré de rouge, la couleur des flammes qui l'attendent sur le bûcher. La foule s'écarte avec naturel, se referme avec indifférence. Une petite fille achète des galettes. Les saris colorés reprennent leur marche avec ce pas d'un glissement léger, signe de l'Inde. Sortie de l'eau, la famille remercie le soleil. Je l'imite, même si mon éloge s'est essoufflé depuis qu'un fatras de théories a dévalué la naïveté.

Il est lourd notre sac plein de doutes ! Ici, le soleil, l'eau, les robes, la nuit ou les chants ont une fluidité que nous regardons avec les yeux des enfants pauvres qui s'émerveillent devant une vitrine de jouets. L'enfant se cogne sur la vitre. Nous, il nous arrive de… ? Je me suis embarqué pour briser des parois. Épreuve du sang.

Quelques heures plus tard, je suis à nouveau assis devant la Yamuna, à Brindavan où naquit Krishna. J'étais venu voir le bois sacré qui fut le témoin des danses du dieu et des bergères, de l'étrange partition jouée avec Râdhâ, la rencontre de l'éros et du divin, un cadeau à ouvrir sans préjugés ni sourires graveleux.

Je n'ai rencontré que des arbres maigrichons, des lignes électriques rouillées, des détritus. Coquin de réel ! Je calme ma déception en regardant jouer les oiseaux au-dessus de l'eau. Pendant la marche, j'avais dépassé un sadhou portant au front les signes de Vishnou. Son regard réjoui prouvait qu'il ne voyait rien comme nous. On le sait ; on l'oublie. Nous nous étions fait un signe de complicité comme s'il y avait entre nous, étincelant, le mythe resté vivant. Il vient s'asseoir à côté de moi ; il reste silencieux. Le cas est si inédit dans ce pays à la parole ininterrompue que je l'interroge dans un *basic english* auquel il répond en un *perfect english* que sa robe et ses barbouillages ne laissaient pas prévoir. J'apprends qu'il est originaire du Madhya Pradesh et qu'il se rend à pied vers les sources du Gange (à vue de nez : mille kilomètres). Tandis qu'il parle, il tripote une blessure qui suinte sur son mollet. Je lui propose un désinfectant. Il le repousse avec dégoût, puis se tait. Il hoche la tête : « *How about you ?* » Je trace à grands traits la voie à ouvrir : Bénarès après Mathura et Agra, le *Ganga-Kaveri Express*, un train qui traverse le corps de l'Inde jusqu'à Chennai (Madras), puis la Thaïlande, le Laos, le Vietnam, la Ch... « N'allez pas à Bénarès ! tranche-t-il. Très dangereux pour vous ». Agacé, je prends ce ton d'ironie distante cher à mes compatriotes :

— Bien sûr, un vishnouïte ne peut aimer une ville dédiée à Shiva.

— Absurde ! Vishnou est présent à Bénarès, comme en tout lieu. Je vous mets en garde parce que je vois en vous.

— Arrêtez donc de toucher votre blessure avec vos mains sales. Un « voyant » devrait connaître les microbes !

Il jette des cailloux dans l'eau et se gratte.

— Que fuyez-vous ?

— Ce culot ! Je ne fuis rien. Je voyage en Inde avec mon fils, ma fille aînée et un neveu. Ensuite, je traverserai seul le reste de l'Asie jusqu'au Japon. Je ferai découvrir Bénarès à ces jeunes, les bûchers, l'eau du Gange qui a pouvoir sur le *samsâra*, Shiva dans le cercle de feu, lingam, yoni, les matins de gloire quand Sûrya apparaît assis sur son char de l'autre côté du fleuve. Fécondité ! J'affronterai Bénarès dans un face-à-face lumineux et je trou...

— *So what ?* fait-il calmement.

Il lance une pierre dans les eaux grises de la Yamuna. Au-dessus de nous les oiseaux reprennent leur magistère. L'homme dit :

— Vos enfants ne craignent rien. Ils sont protégés. Pas vous.

— Pourquoi ?

— Il faut vous alléger. Vous avez à vous débarrasser de...

— Stop ! Je vous vois venir. Je connais vos arnaques comme je connais vos horaires de chemin de fer ou les soupirs de Râdhâ. Je...

— Il s'agit d'un poids, d'un poids que vous portez sur votre cœur.

— Qui n'en porte ? J'ai de bonnes chevilles.

— Pour avancer, coupez la laisse.

— Une laisse ?... Évidemment, je garde des liens. Je reste attaché à ma femme, mes deux autres filles qui sont des enfants, ma famille, mes amis. L'amour n'est pas une laisse.

— Ce n'est pas la question.

— Alors quoi ?

— Levez-vous !... Regardez le précipice sous vos pieds !

— Je...

— Ne l'imaginez pas, dit-il d'une voix douce. Voyez-le tel qu'il est, un immense trou au fond duquel des braises vous attendent. Allez, sautez, sautez donc !... Bénarès est maléfique si l'on n'est pas capable de sauter.

Je me suis levé. Il sourit :

— Allez !

J'ai vu autour de moi un labyrinthe, j'ai senti qu'il se resserrait, qu'il allait me broyer. J'ai reculé. J'ai glissé. Je suis resté à terre. Il est parti. Je me retrouve abandonné. Il n'y a plus que l'eau et le soleil, qui devient brûlant. Je suis ébranlé, mais déterminé à me rendre à Bénarès. J'ai assez crapahuté en Inde pour savoir que certains êtres ont acquis des « pouvoirs », qu'ils savent pénétrer notre psychisme, nous imposer des visions. Et puis ?... Il en faut plus à mon âme sceptique. D'ailleurs, les vrais sages n'utilisent pas ces pouvoirs. Je sais que le destin est une question intérieure. Les diables ? Nous sommes leur seul foyer. Comment vivraient-ils hors de nous, dans l'azur immaculé ?

Ballotté dans un bus sur la route du retour, je m'accroche à une barre. Qui tire les ficelles de la marionnette ?

Ce marcheur bigarré m'a mis une entrave dans les pieds. Où trouver un exorcisme ? Le bus s'arrête brusquement sur le haut de Mathura, qui prend des ombres bleutées en fin d'après-midi. Sous le choc je déchire mon pantalon.

Le soir, je retrouve les trois jeunes dans l'hôtel situé devant les ghâts de la Yamuna où nous sommes descendus en arrivant hier de Delhi. Chacun raconte sa journée. Mes compagnons n'ont pas quitté les ruelles de Mathura. Ils se sont liés avec des musiciens ambulants, ont admiré les artisans travailler le fer, le cuivre, le bois, les tissus. Regards enchantés. Aucun trouble. Le poids du passé est encore léger. Je leur parle des amours de Krishna, de la forêt disparue, des oiseaux de Brindavan.

Dans la chambre dépourvue de fenêtre du médiocre hôtel, je m'endors avec une image de Venise.

Très vite en Inde les chapitres régis par Kâla (le Temps) sont regardés cul par-dessus tête. Où est le passé ? Où est l'avenir ? Nous voici en pleine foire.

Le lendemain, le jeune terzetto part visiter la ville fantôme de Fathepur Sikri (aucune envie d'y retourner), alors que je me rends directement à Agra en bus. L'hôtelier chez qui je réserve les chambres s'esclaffe : « Vous êtes si drôles les Français quand vous dites *papillon*. Dites-moi papillon ! » Je m'exécute, le laisse à sa mimique chochotte et vais faire réparer par un tailleur le pantalon déchiré. Je regarde des anges (enfants) jouer sur un vieux manège qui grince et tremble avant de pénétrer dans un « salon de coiffure » situé dans une cabane en bois, avec un miroir cassé et un lavabo d'époque victorienne. La question posée par le coiffeur est celle-ci : « Pourquoi êtes-vous toujours pressés dans les pays de l'Ouest ? Je vois passer des groupes qui se rendent au Tâj Mahal. On dirait des biches poursuivies par un chasseur. Qui est le chasseur ? » Je lui laisse un bon pourboire qu'il empoche sans un merci.

Je vais déambuler dans le marché du côté de la Grande Mosquée. Cuivres ornés, tissus aux fils d'or, carottes, concombres, chemisettes, bracelets, chaussures, peaux de moutons, bœufs écorchés qui suintent le rouge de la passion, curcuma, gingembre, piments, dentelles vertes de la coriandre, latrines à ciel ouvert... Je longe les rives de la Yamuna. Des murailles, le fort, puis, avec un soleil bas dans le dos, apparaît la partie du Tâj Mahal qui domine le fleuve derrière de hauts murs de grès rouge. Pas un bruit. Pas d'autre mouvement que celui des vaguelettes sur l'eau tandis que le mausolée rosit avec la solennité du sommeil après l'amour.

Voici plus de deux heures que le terzetto devrait être au rendez-vous.

— Ne vous inquiétez pas, me dit l'hôtelier, vos enfants vont arriver. Ils se sont perdus dans Fathepur Sikri, c'est une ville fantôme.

— Quels dangers ?

— Aucun pour des *papillons, yon-yon* ! Je vous garde le dîner au chaud.

Il s'agit de sa spécialité : un repas végétarien aux six *rasa* (saveurs).

La nuit est tombée. À la lumière d'une lampe à pétrole dans le jardin, sous un toit de paille, j'ouvre les *Essais* de Montaigne : « La plus expresse marque de la sagesse, c'est une éjouissance constante » (I, 26).

*

Cela fait maintenant trois jours que nous avons quitté les boutiques et portiques de l'aéroport Charles-de-Gaulle pour celles de l'aéroport de Delhi. Auparavant, l'activité cruciale avait été l'organisation du sac à dos. Montaigne a équilibré la pharmacie tandis qu'un maître du Tao s'est trouvé au tapis. Pour les chaussures, le bon choix est vital. Pendant ce long périple, les pieds seront mes maîtres. Ils pourront à leur guise m'arrêter ou me permettre d'escalader les montagnes qui rapprochent des dieux, dit-on. À vérifier.

Devant Claire-Obscure et nos deux filles (quatre et sept ans, qui resteront en France), j'ai pensé à une légende que nous lisait une nounou en pleurant : un homme était dans l'obligation de quitter la femme aimée. Elle lui retenait si fortement la main qu'il la tranchait d'un coup d'épée. La sienne ou celle de la femme laissée sur le rivage ? J'ai oublié.

La station de métro pour me rendre à l'aéroport est *Pyramides*. Ne pas songer à ces momies qui, entourées des objets nécessaires de l'*autre côté*, sont restées des millénaires dans une obscurité nommée éternité, une durée dont on a perdu la trace.

J'ai retrouvé à l'aéroport les trois compagnons des deux premières semaines. Mon fils Charles-Marie a emporté une guitare, ma fille Jeanne est fringante, mon neveu Aurélien a vite fait de se lier avec d'autres passagers. Nous avons déjà voyagé ensemble au Japon et en Inde. Ils apportent l'enthousiasme juvénile et le goût du risque, j'apporte les connaissances du briscard. On est quitte. Je les laisserai dans le sud de l'Inde pour poursuivre seul un projet qui se concrétise enfin : aller de l'Inde au Japon par voie terrestre et maritime. Alors que j'avais trente-cinq ans, je m'étais rendu de Paris en Inde par rails et routes : Italie, Yougoslavie, Grèce, Turquie, Iran (chute du Shah), Afghanistan (les Soviets), passe de Khyber, Pakistan, Penjab, descente jusqu'au pays tamoul avec séjour dans des ashrams, un peu d'éros, des méditations, des amitiés d'un jour, quelques dangers, un étonnement constant, des colères, un arrêt maladie et l'illusion tenace que le sens était au bout du chemin. Mais il était le chemin ; c'est une rengaine[1].

J'avais appris, entre autres, les vertus de la patience et le sacré de l'innocence ; qu'une même lumière n'éclaire pas les mêmes choses, et que les dieux les plus probables sont les plus obscurs.

À l'époque, l'Europe n'était pas prise de langueur, le « communisme » faisait rêver les simplets et les cyniques, l'Inde semblait une île aux coutumes incompréhensibles, la Chine était cadenassée, les soubresauts de l'Islam pris pour un archaïsme à bout de souffle, et le despotisme de l'argent restait canalisé par une réalité qui retrouvera du solide : les frontières.

1. Cf. *La Tentation des Indes*, Plon, 1981. Réédition Albin Michel poche, 1993.

Tandis que les années passaient, que je perdais des illusions et gagnais en coup d'œil, j'avais l'intention de poursuivre le trait du tableau inachevé sur les routes d'Asie. Nous y voici. Il s'agira d'abord de ne pas mettre ses pas dans ceux du passé, de n'avoir devant soi aucun tracé prévu ; seulement l'étendue d'un sable vierge. Le blanc est l'humour de l'avenir.

Dans le tortillard de la Vieille-Delhi à Mathura, la noblesse des visages des paysans et la joie contagieuse des enfants confirment qu'il y a quelque chose de pourri dans le royaume des repus. Nuit très noire au sortir de la gare de Mathura. Nous sommes descendus en tâtonnant vers les ghâts par des ruelles où les bouses de vaches proposaient des glissades en rien bucoliques. À travers les fenêtres de pièces à peine éclairées, vision de scènes peintes par une main modeste soumise à la seule vérité de la lumière. Nous nous sommes égarés avant d'échouer sur d'odorants culs-de-sac et d'être bousculés par des vaches maigres. Nous étions émerveillés, nous entrions dans un livre de légende. Nous avons fini par atteindre les rives de la Yamuna où nous attendaient (croit-on) des chambres et des draps propres.

Mathura s'est éveillée. J'ai laissé le terzetto. Tissage des ruelles : vaches, vélos, grappes d'enfants, poussières jaunâtres, goyaves et lentilles, garçons questionneurs, jeunes filles à l'innocence fébrile, cliquetis de ferblantiers… J'ai marché plein nord le long de la Yamuna. Comme Mathura, Brindavan est liée au dieu Krishna, la plus réputée des incarnations de Vishnou, la plus troublante pour les dames. J'ai guetté en vain les bois dans lesquels Krishna batifolait avec les charmantes *gopîs*, d'après les légendes et le *Gîta Govinda.* C'est un texte enlevé avec des mièvreries selon notre goût ; d'éclatantes beautés selon le goût indien. Il a été écrit par Jayadeva au XIIe siècle. Il chante les amours de Râdhâ et de Krishna. Râdhâ est une vachère, mais comme le mot sent la bouse, on a traduit gopî par bergère, figure qui chez nous a été enrubannée pour faire plaisir aux peintres, aux mauvais poètes et à ceux qui prenaient (prennent ?) la nature pour un aimable salon. Quand Râdhâ et Krishna se retrouvent seuls dans des bosquets, les choses se passent agréablement pour la jeune femme dont nous connaissons le point de vue :

« Je tombais sur le lit de fleurs,
et Lui, sur ma poitrine,
comme pour y rester toujours.
Je L'enlaçais, amie !
Je L'embrassais ; et Lui buvait
le nectar de mes lèvres !
(…)
Mes yeux de langueur se fermaient
et je sentais Sa peau

frémir, amie, sous mes caresses.
Tout mon corps se mouillait
des sueurs du désir, tremblant
de l'amoureuse ivresse !
(...)
Je chantais comme les coucous
pendant qu'Il célébrait
en moi le mystère secret. »

GÎTA GOVINDA (VI, 3-5)

Nous avons, ou croyons avoir, une expérience de ce *mystère secret* évoqué de manières variées par MM. William Shakespeare, Marivaux, Sacher-Masoch, Feydeau ou Sigmund Freud (à titre d'exemples). Où l'on voit que tout est une question d'éclairage. L'originalité de l'Inde, dont les ébats de Brindavan ne sont, à leur tour, qu'un exemple, est d'avoir naturellement associé le sacré à l'éros. Les délices de l'union charnelle sont un moyen, à notre portée, et d'une manière plus agréable que les traités de théologie, de nous faire entrevoir la félicité de la rencontre avec le divin. D'une extase l'autre. Comme nulle part ailleurs, l'Inde a développé cette grammaire. On s'y régénère à l'appliquer ; on s'y brûle à l'occasion. On aurait grand profit chez nous à ne pas laisser l'amour devenir une gymnastique. Dans l'enjeu, il y a le sacré et la mort, le don et le vide. Qui dit mieux ?

« Ah ! puissent les mains du Seigneur
qui caressaient si bonnement
les seins lourds de Râdhâ
faire pleuvoir sur nous la grâce,
comme Il le fait au confluent
du Gange et de la Yamuna. »

GÎTA GOVINDA (XII)

*

L'hôtelier facétieux d'Agra me secoue tandis que je somnole. « Les voilà vos *pa-pi-llons*, je vous l'avais bien dit ! Vous allez maintenant savourer mon dîner, véritable *masterpiece*. Comment le dites-vous en français ?... Oh ! C'est si drôle. » Il se tortille : « *Chaidouvre, very chic !* » Si j'en crois Montaigne que j'ai laissé glisser au sol, cet homme est un sage. Nous l'imitons tous les quatre en une saine *éjouissance* arrosée d'eau minérale.

— Alors, ce retard ?

— C'était trop beau...

Pour être seuls dans l'enceinte du Tâj Mahal, arriver avant l'heure de l'ouverture, glisser un billet au gardien et marcher promptement dans la lumière matinale qui, elle aussi, est une manifestation du divin. Les premiers rayons qui touchent les bassins passent du jaune au rose à cause d'un pétale. Le mausolée est en sucre glacé. On est saisi par l'harmonie des masses.

Et par ceci : au-dessus de la porte principale, des fenêtres et des coupoles, ce sont les alvéoles qui procurent sa force à l'ensemble. Dépourvu de ces espaces *vides* que la lumière dégage peu à peu, ce monument d'amour et de mort n'aurait pas la respiration qui lui donne vie. Les murs, minarets, coupoles qui le dessinent, on en voit ailleurs, mais pas de telles évidures. Elles nous invitent à continuer le travail, à creuser, encore creuser, à transformer ce tombeau en prière. Le dessein de l'empereur amoureux était d'en faire un « jardin du ciel » pour sa défunte épouse.

La beauté du Tâj Mahal est renforcée par les causes de son existence. L'empereur moghol Shâh Jahân avait connu l'amour sans épithète avec son épouse Mûmtaz Mahal, après avoir caressé une multitude de chairs parfumées qui ne lui avaient donné que du plaisir. Elle mourut en couche en 1631 de notre ère à la naissance de son quatorzième enfant. L'an suivant, l'empereur inconsolé lui faisait construire un mausolée d'une blancheur étincelante avec (j'imagine) le fol espoir que la beauté serait un baume sur sa douleur. Il conçut le projet d'ériger pour lui une réplique en noir du Tâj. Il ne sera jamais construit. On le voit dans la nuit se pencher vers le tombeau blanc avec lequel il se confond.

Le pouvoir ne convole guère avec le sentiment. Shâh Jahân fut détrôné par son fils, le cruel Aurangzeb incendiaire de temples. Shâh Jahân avait désigné comme successeur son fils aîné Dârâ Shikûh, poète et penseur dont l'objectif était de trouver une voie commune entre les mystiques soufies et hindoues. Sa tête roula en 1659. De son côté Shah Jahân put, de la fenêtre de la prison où l'avait enfermé son autre fils, admirer les coupoles blanches du Tâj Mahal et rêver au corps de la défunte en ignorant l'avancée des moisissures. Il mit huit ans à mourir dans cette contemplation.

L'intérieur de la divine enclave est d'une sobriété qui étonne l'œil habitué aux insatiables flots de l'art hindou. Mais, comme à travers sa course en Perse, l'islam a pu attraper quelques images, les incrustations de fleurs en pierres colorées dans le marbre blanc nous rappellent joyeusement que le paradis sera un jardin.

Toute parole serait vaine. Dans ce tabernacle, on n'entend que le glissement de nos huit pieds nus. Nous tournons deux fois, trois fois, comme unis, mais chacun possède — le sait-il ? — une incrustation différente de l'amour, de Dieu ou des piqûres de moustiques conviés ensemble dans cet espace vide. Que partager avec le gardien qui a la tête d'un homme pieux, nous qui avons laissé sur le bord de la route la certitude que l'autre monde est naturel ?

De loin, coupoles, minarets, vides et pleins ne forment plus qu'une seule masse comme un souvenir qui aurait lissé les articulations. « Je n'aime point de tissures, où les liaisons et les coutures paraissent ; tout ainsi qu'en un beau corps, il ne faut qu'on y puisse compter les os et les veines » *Essais* (I, 25).

Une vieille mendiante nous aborde dans la rue. Elle s'accroche à moi, le *babou* (père), avec des mots rauques et des mains osseuses. Je retrouve dans son regard celui d'une aïeule aimée. Je lui caresse la joue. Son sourire est sale et sacré. Un seul fleuve, un seul flux, la vie... Et nous, des copeaux entre les récifs et les rêves.

La vallée du Gange comme un film. Passages au ralenti sur de vieux ponts métalliques qui grincent, accélérés alors que les touches multicolores des saris sont courbées sur les champs, gros plan sur le visage d'un homme gras et satisfait qui écrase ses voisins en lisant le livre d'un sage, panorama sur la confluence des déesses Ganga et Yamuna, « pluie de grâce et caresse de seins » ; arrêt sur image devant un tas d'ordures où les enfants des bidonvilles viennent chercher pitance (une fillette avec un bébé sur les hanches a glissé sur des épluchures).

La volée des cloches nous arrête quand nous descendons vers les ghâts de Bénarès aux ruelles si étroites et si encombrées qu'y croiser une vache demande un art de toréador. Je joue mon rôle devant l'emballement du terzetto : « Prudence ! Prudence ! Le diable est familier des bénitiers. Tenez serrés vos portefeuilles. » On me laisse dire. Il nous faut maintenant trouver de la place dans une de ces *guest-houses* qui possèdent une terrasse d'où l'on voit le saint Gange. Nous essuyons plusieurs échecs et devons repousser des gamins qui voudraient nous entraîner dans des lieux qui ne nous conviennent pas. De guerre lasse, nous nous asseyons sur nos sacs devant le fleuve. On nous propose alors un gîte qu'aucun guide ne signale. Nous pressentons (contagion indienne) que ce lieu nous était destiné.

La maison est tenue par une famille brahmane qui loue des chambres spartiates donnant sur une idyllique terrasse. Le propriétaire parle un bon anglais, possède une solide culture traditionnelle ainsi que deux filles à marier, dont une à croquer, la seconde à parfaire. Il loue une partie de son logis afin de doter ses filles. Aucune enseigne sur la porte. Les dots sont un devoir plus impératif que d'avoir à payer des taxes. Il est excellent sur les Védas, et sa femme pour la cuisine végétarienne de tradition brahmanique.

Le Temple d'Or, reconstruit en 1776 après que les Moghols eurent méticuleusement (très bons organisateurs) détruit tous les sanctuaires hindous de Bénarès, est, comme les autres lieux de culte, interdit au non-hindous, résultat d'une rage dont la ville porte encore les blessures. Transformer la souffrance en élan de vie : un prodige qui n'est pas à la portée des intégristes hindous. Nous montons sur la terrasse d'une maison d'où la vue plonge sur la cour du temple. La foule des fidèles tourne dans le sanctuaire selon une mécanique complexe, mais qui n'est pas moins réglée que le mouvement des astres. Par leurs tracés inattendus, les enfants sont les météorites du ciel. Ces rituels autour de forces qu'il est vital de se concilier, comme on le fait à Guadalupe, à Luang-Prabang ou à La Mecque, comme on le fit à Byblos et à Lascaux, ont depuis des millénaires la vertu d'amadouer un inconscient gorgé de la peur du néant.

Le besoin que nous éprouvons d'apporter aux sociétés traditionnelles nos valeurs plombées par nos névroses est une ânerie. Les organismes ne peuvent évoluer que selon une poussée qui leur est propre. Quelque chose est à bout de course dans les grands systèmes religieux qui ont réglé le sexe, la mort ou l'imaginaire. Mais les bousculer avec notre frénésie d'objets inutiles aboutit à revitaliser leur part la plus stupide. On peut toujours rire des chaînes des autres. Et puis ?...

Ruelles de Bénarès, elfes et démons. Un garçon nous prend la main, une voyante l'autre, un larron tâte nos poches. « Oh là ! » « Oh là quoi ? Tu es riche et tu as besoin de bonne conscience, nous sommes pauvres, faisons affaire ! » On évite les bouses, les légumes pourris, on s'enivre d'encens, on est éblouis par les tas de poudres rouges ou jaunes, les coulées de tissus, les idoles en bronze ; on repousse, écoute, piétine ; on s'égare, se retrouve, on est pris dans un flot à l'image du *samsâra.* Beaucoup de pudeur dans ces bousculades où les corps se pressent. Jadis, être pudique, c'était être modeste *(modus*, la mesure.) Au XVIIe siècle, dans le langage des précieuses, *la modeste* désignait la première des trois jupes de dessous, la seconde était la secrète, la troisième la friponne. Mêmes étagements chez les Indiennes aux saris d'une pudeur trouble. Elles connaissent la valeur de leur apanage. Pourquoi beaucoup, chez nous, le vendent à l'encan ? Le féminin serait une invention ? Dramatique perversion de la liberté. Sainte pudeur, pollen. Nos étalages (corps ou mots), perte de la magie nocturne. Etc.

Seul, je ne serais pas retourné sur le ghât où brûlent les corps le long du Gange. J'avais jadis cru voir partir en fumée un corps aimé. Une autre fois, je n'avais pas supporté la vue d'un garçon debout devant les flammes, les mains tendues. Les femmes ne sont pas admises dans l'enceinte des bûchers. Elles pleureraient. Pleurer devant un cycle naturel est une erreur de perspective. Passons.

Nous voici avec quelques voyeurs devant les bûchers qui crépitent, un enseignement de première main pour le terzetto. Un coup de vent nous envoie en plein visage la fumée d'une grillade aux aromates. Un professionnel tisonne le feu et retourne un corps entouré d'un tissu cramoisi. Un homme vient nous abreuver d'inutiles explications. Je réponds sèchement que je ne parle pas l'anglais. Le fâcheux a appris son couplet en français : taratata... le bois coûte très cher, la famille du défunt s'est endettée, il y a des enfants à nourrir... taratata... Baste ! Rien à faire, il ne se taira que contre un écu qui, évidemment, restera dans sa poche. Silence ! lui dis-je. Il continue son caquetage, les flammes leur chimie, le Gange son destin, depuis les glaciers de l'Himalaya jusqu'aux marigots de la baie du Bengale... *Plok !* Le crâne d'un mort éclate avec le bruit d'une noix de coco qui tombe. Le type profite de la connaissance qu'il a de notre psychisme pour en rajouter. Je m'éloigne du bûcher avec la tête d'un dieu courroucé. Le hâbleur entreprend mes compagnons qui acceptent dialogue et bakchich. Ils me feront le reproche de ne pas avoir éprouvé de pitié. Je me tairai en regardant le fleuve où seront jetées les cendres pour un voyage que l'on qualifie, sans savoir, de dernier.

Sur un mur de Bénarès, une affiche annonce un concert pour le soir. Nous y voici. On se déchausse, on s'assied au sol, on attend. À l'imitation du sari qui est une simple pièce de tissu dont tout l'art provient des plis, ondoiements et gonflements, de la malice du caché et du découvert, les instruments de musique ont un air modeste : une vina à sept cordes et deux tambourins (tablas), l'un mâle, l'autre femelle comme pour tout jeu *(lîlâ)* d'importance. La musique commence quand les ondes sont propices. C'est un « presque rien » qu'un Indien saisit aussi facilement que nous voyons l'harmonie d'un visage.

Dès le premier coup d'archet s'installe une atmosphère que l'on aimerait qualifier de divine, n'était notre incompétence. Je flotte. Douce ivresse. Impression d'être envoyé dans l'espace pour un retour à l'origine. Ah oui ! je me souviens : cette chambre en Corrèze dans la maison d'enfance, le livre inachevé sur la table, un rayon de soleil à travers une fente du volet, le lit, naissance et mort dans le même froissement de draps...

« *Did you enjoy the music tonight ?* » nous demande à la fin du concert un homme vêtu de blanc avec de longues mains. Je laisse les jeunes s'exprimer sur leur groupe musical. Dehors, les étoiles poursuivent le concert en un jeu de répons qui nous appelle et nous retient. « Souvent il me semble que la nuit est encore plus richement colorée que le jour », a écrit Van Gogh à sa sœur.

— C'est quoi être profond ?

— Ma fille, il y a de la profondeur dans l'écorce. Il ne suffit pas de creuser. On peut ne trouver qu'un bois dénué de valeur. Objectif : arracher les voiles devant les yeux. La profondeur est une disponibilité.

— Dans les rues de Bénarès, c'est… ?

— … l'oubli du reste.

— Pas de problème !

Pas de problème non plus pour retrouver notre logement grâce à Aurélien, qui possède un sens de l'orientation aussi bon que son cœur. Charles-Marie cherche les mots d'une de ses chansons au rythme de ses pas dans le labyrinthe. Je me demande — et j'en ris ! — comment nommer le lien entre l'amour, le vin et la musique. De la terrasse au-dessus du Gange, les étoiles se sont dénudées. Au loin, des brasiers. Il arrive à la vie et à la mort d'être comme larrons en foire.

« Bien sûr, c'est moi qui vais bientôt trouver un mari pour ma fille aînée. J'écouterai l'avis de ma femme… Ma fille ?… Allons, soyez sensé, cher monsieur. Mandakini a dix-huit ans. Elle ignore tout de la vie. Comment pourrait-elle savoir qui lui convient, qui peut être un bon père pour ses enfants, qui est capable de continuer notre lignée ?… Vous voudriez qu'elle choisisse selon son désir ? Le désir s'évanouit, il n'est qu'un nuage qui passe. Vous n'allez pas me donner en exemple votre décadence. Les divorces, les enfants déchirés, les vieux abandonnés… Vous avez laissé le sexe prendre le pouvoir sur votre conduite, beau résultat ! Votre conception de la liberté individuelle est habitée par le Mal… J'ai l'expérience de la vie. Je connais bien ma fille, son caractère, ses humeurs, ses goûts. Je sais quel mari peut la rendre heureuse, dans quelle autre famille elle pourra s'épanouir… Oui, nous consulterons aussi un astrologue… La caste ? Évidemment elle sera d'une jâti de brahmanes ! On ne va pas mêler ce que Dieu a séparé… Oui, oui, *don't worry about it !* elle pourra refuser si le garçon ne lui plaît vraiment pas. Une fois, pas deux ! Encore du thé ? »

Je retrouve mon brahmane chaque matin tandis que le terzetto dort. Il est au courant de l'état du monde, qui lui confirme que la vision indienne de l'ordre social est la seule valable. Il défend G.W. Bush parce qu'il croit en Dieu et qu'il combat l'islam conquérant. Il constate que la France est flottante, mais il a lu Romain Rolland qu'il trouve digne d'être pandit. La loi du karma est pour lui aussi évidente que, pour nous, les lois de la gravitation ou de l'évolution. Ce n'est pas une question d'opinion. L'existence de « castes » est une loi naturelle. La naissance étant donnée en fonction des actes des vies antérieures (le karma justement), s'opposer aux inégalités est à ses yeux aussi vain que nier les parties du corps. Il inscrit la vie dans une temporalité et un espace qui rendent illusoire le petit segment que nous prenons pour le réel.

Je connais assez bien cette musique-là. Que veut dire connaître ? En l'occurrence, cet homme normal et jovial assis près de moi, avec qui le dialogue est aisé, ne voit ni le corps (sexe ou souffle), ni l'eau du Gange, ni le regard d'un enfant ou la souffrance des autres, ni les nuages, ni la tasse de thé, comme je les perçois.

Lors de mon premier voyage en Inde au début de l'âge d'homme, avant la désopilante vague soixante-huitarde, j'avais cru traverser un miroir. Dans les temples, les trains, les foules ou les villages, je découvrais des faces du réel qui dépassaient les mythes et mes rêves. Souvent, je n'osais m'approcher. Quelle est cette magie ? Que dissout-elle ? Je prenais les femmes pour des idoles. Crainte et fascination. Inutile d'en rire, ce fut une richesse. De retour en France, je rêvai souvent de l'Inde. Elle était le lieu des impossibles. Peu à peu (une dizaine d'années), nous nous sommes apprivoisés. Je me suis étonné de mes étonnements passés. Dans des ashrams ou assis sur la terre d'une chaumière, j'ai pu me croire chez moi. La vérité était plutôt celle-ci : *chez moi*, il y avait un village indien.

Je continue à me croire chez moi, mais avec un sourire. Je sais que le fossé ne sera jamais comblé. L'amour propose une semblable énigme. Seuls les mystiques comblent les fossés. Comment ? On se tait.

Une leçon de l'Inde : que le doute fécond ne devienne pas un doute paralysant.

Le plus difficile : penser hors de toute trace. Les traces sont fallacieuses : on tire à elles chaque fait nouveau. Penser dans le blanc.

Comprendre l'Inde ? Une des méthodes, disait mon double, consiste à regarder un escalier en spirale après avoir bu trois whiskies.

Ensuite, on se demande : que veut dire comprendre l'Inde ?

— Et pour moi, père, quel mari ?
— Le chat botté.

Le stûpa de Sarnath, qui a été plusieurs fois reconstruit après le passage des cavaliers d'un Dieu exclusif (la haine a-t-elle jamais guéri l'angoisse ?), n'est qu'un gros tas de briques. Les jours fastes, un cœur disponible peut entendre le Bouddha prêcher les Quatre Vérités de son premier sermon après la révélation qu'il eut sous l'arbre de Gaya (plus à l'est). Venu à pied de Chine, Hiuan-Tsang a médité au VIIe siècle dans un lieu bruissant d'une vie désordonnée comme l'est aujourd'hui Bénarès (toute proche). Le Temps a tout chambardé, le bouddhisme a été chassé de l'Inde, les Moghols ont créé un empire qui, à son tour, a été balayé par celui de Sa Gracieuse Majesté britannique qui, à son tour...

La foi née ici des paroles d'un *homme*, par

son extension de l'Afghanistan au Japon, a autant façonné l'histoire que les paroles du Maître de Nazareth. Un dialogue s'était établi entre les deux sagesses à travers Alexandrie avant qu'une cassure ne séparât pour des siècles cet Orient de l'Occident. Les Ésséniens ont-ils reçu des lumières de l'Inde ? Plus tard, l'église chrétienne a fait de Bouddha un saint sous le nom de Joasaf dont la fortune fut grande au Moyen Âge. On était alors moins bégueule sur les labels. Le dialogue retrouvé reste facile entre bonzes et moines chrétiens. J'élève mes enfants selon la foi de nos ancêtres. Quand ils sont grands, je leur dis :

— Vous savez, ça peut s'éclairer autrement.

— *Ça ?* De quoi parles-tu ?

— Heu… Disons de l'énigme.

— Pas clair.

— Justement !

De Sarnath à Kyôto, je vais suivre grosso modo la voie de la progression du bouddhisme et traverser, sur les sommets du Laos, la ligne qui sépare aujourd'hui la foi des anciens, theravâda, d'une forme de bouddhisme plus large, mahâyânâ, qui n'est pas pour autant plus vivante. La profondeur est une autre question.

Je regarde mon ombre avancer vers le grand stûpa. Je me vois en fils d'Occident, aux pieds encore véloces, au cœur gourmand, à la tête partagée entre l'enthousiasme et le constat de la décrépitude de l'Europe, mère aimée au visage las. Qui a recouvert le réel de mots morts ? Remercier était une richesse. Et nous sommes partis voiles gonflées vers des chimères qui ont levé les angoisses…

Les robes des bonzes du Sri Lanka qui déambulent autour du stûpa ont des élégances de papillon. À côté paissent les gazelles que le Bouddha avait caressées dans ce même parc. Secoués dans un car, nous sommes passés en quelques kilomètres d'une religion vivante, parfois agressive, toujours colorée, à une douceur apaisante.

Les Quatre Vérités du bouddhisme demeurent à notre portée à condition de comprendre que nous ne sommes pas celui que nous prenons pour notre *moi*. Un jour de désœuvrement, je dresserai la liste de toutes les idées, valeurs ou coutumes orientales qui nous sont, de prime abord, inaccessibles. Le rapprochement des vêtures, des mœurs et des sources d'abrutissement nous fait croire qu'on se formate tous de la même manière. Et si nous scrutions les imaginaires ? On le voit avec l'islam. Ça va barder !

J'offre des stylos à des enfants qui me prennent pour Ganesh.

Deux fois par semaine, le lundi et le mercredi, le *Ganga-Kaveri Express* (n° 6039 selon la bible des trains de l'Inde) accomplit en quarante et une heures les 2 144 kilomètres qui séparent Bénarès de Chennai (Madras). Il s'élance à 17 h 35, arrive à destination à 9 h 55 après deux nuits. On traverse l'Uttar Pradesh, le Madhya Pradesh, le Maharashtra, l'Andhra Pradesh où l'on atteint l'océan Indien vers Bapatla, et l'on arrive enfin dans le pays tamoul de vieille culture et grande beauté. La ligne de chemin de fer zigzague sur le plateau du Dekkan à la recherche de passes dans un relief mouvementé.

La nuit tombe vite du côté de Khajuraho dont les temples sont couverts de sculptures qui s'enlacent pour l'ébahissement de voyeurs qui se régalent et butent sur leur signification. Nous verrons le jour se lever à Itarsi, le perdrons vers Kazipet, le retrouverons sur la côte du Coromandel avec les reflets dorés de l'eau des rizières au vert lumineux et les envols d'aigrettes dans un froissement blanc.

La poésie des trains de l'Inde m'ayant alimenté depuis trente-cinq ans, j'ai acquis la manie du collectionneur. Des grands trajets (grand implique au moins deux nuits), il me manquait le Bénarès-Chennai (ou l'inverse) malgré une obstinée tentative en compagnie de Claire-Obscure en 1994.

*

Nous venions alors de passer une semaine délicieuse et instructive au sud de Madras dans le parc tropical de la Société de théosophie aux maisons victoriennes et à l'idéal un tantinet flou. Encore bercés par les chants d'oiseaux, nous étions arrivés à la gare de Chennai pour apprendre que le *Ganga-Kaveri Express* du lundi était complet. Le suivant partait le samedi. Nous avions sauté dans un train pour la ville sainte de Tirupati en Pays Andhra et nous étions ensuite reposés de la violence du sacré dans Chandragiri, découvert sur les conseils de nos amis Filliozat. Nous avions prévu d'attraper le GKE suivant à Gudur et d'être dans la gare trois heures avant son arrivée à 19 h 50. Notre tortillard eut cinq heures de retard, le GKE était déjà loin dans la nuit qu'il fendait en sifflant le long de la côte entre Nellore et Kavali.

Ce serait donc pour celui qui part le lundi, que nous attraperions plus au nord après avoir visité l'ancien comptoir français de Yanaon qui somnole dans le delta de la Godavari. À Vijayawada, nous apprîmes que le GKE prévu le mardi à minuit vingt n'avait pas quitté Chennai. « Et le suivant ? » « *No problem !* » Par de petits trains tout à fait amusants *(meter gauge lines)*, nous avions rejoint Sanchi dans le Pays du Milieu où s'élève le plus beau stûpa bouddhique, sein généreux entouré de balustrades et de portes évoquant la vie de l'Éveillé par des symboles qui changent selon les étapes : des pas (le départ du palais familial), un arbre (l'Éveil), une roue (le sermon de Sarnath), un stûpa (le mahâparinirvâna). Là, tout était rondeur, ondulation et compassion. Arrivés dans le nord du Madhya Pradesh, nous avions déjà accompli 1 800 km sur 2 144, soit les trois quarts du trajet. Mais je restais accroché à l'image de l'entrée glorieuse du GKE dans la gare de Bénarès. Nous avions donc gagné en début d'après-midi Jabalpur où le GKE suivant (ter) devait passer à 22 h 25. Nous apprîmes qu'il avait quatre heures de retard et qu'il était plein. J'étais décidé à monter et à terminer la nuit dans le couloir avant l'arrivée à Bénarès. Après avoir testé dans la gare une chambre où couraient des rats, nous avions attendu sur un quai dont la saleté nous rebutait, dont le souvenir nous enchante. Agitation vers trois heures du matin. « Le GKE ? » « *Yes !* » Et voici que l'objet tant désiré entrait dans l'obscurité de la gare de Jabalpur en un tintamarre majestueux. Nous nous étions imposés dans la cohue des montées et descentes qui, en Inde, s'accomplissent en même temps. Faute d'avoir pu faire partager toute ma joie à Claire-Obscure, qui ne voyait que gaminerie dans mon obstination, je la manifestai à un passager : « Dire que nous allons gagner avec le jour la sainte vallée du Gange ! » « Non, *sir*, au lever du jour nous serons à Itarsi car nous nous rendons à Madras. »

Nous étions redescendus sur le quai, constatant que, de guichets en guichets, de passerelles en passerelles, nous avions perdu le nord. Mais où donc était passé le GKE parti de Madras ? Un contrôleur nous dit enfin la vérité : un pont s'était effondré sur le trajet, la ligne avait été coupée à Chandrapur. Que feraient les passagers du train parti vers Madras ? Le geste de la main indiquait que la question restait en suspens. Volutes, image du réel... Il ajouta cependant qu'il n'était pas impossible que le train qui venait de partir (vers le sud) fît demi-tour et fût (il calculait avec célérité) ici même dans un peu plus de trente heures. Merci ! Nous avions donc pris dans la nuit le premier train pour Allahabad où se rencontrent les déesses Yamuna et Ganga, puis un autre pour les 134 km le long du Gange avant d'atteindre Bénarès dans la soirée.

*

Neuf années plus tard, avec Jeanne, Aurélien et Charles-Marie, dans le *Ganga-Kaveri Express* pris à Bénarès, je ressasse une leçon de l'Inde : il est nécessaire, en tout et partout, de savoir choisir le moment propice. Alors que nous nous installons joyeusement sur nos couchettes de classe populaire après avoir enchaîné nos sacs et caché passeports et argent dans des poches sous nos vêtements, je me dis que l'art de la vie consiste à savoir doser raison et déraison (en fait, une raison obscure). Chaque Indien l'apprend dans le ventre de sa mère. Pour nous, l'enseignement se fait sur le tas, et non sans embrouilles. La *route* est la meilleure école. Encore faut-il s'être d'abord allégé : « C'est par l'entremise de notre ignorance plus que de notre science, que nous sommes savants de divin savoir. Ce n'est pas merveille, si nos moyens naturels et terrestres ne peuvent concerner cette connaissance supernaturelle et céleste. » Montaigne, *Apologie de Raymond de Sebond. Essais* (II, 12).

Les jeunes sont partis explorer le train tandis que je garde la maison. Ils tardent à revenir. Dans le compartiment, un marchand de saris qui vient de se fournir à Bénarès m'interroge sur ma famille, mon métier, mon voyage. Il manifeste une totale indifférence quand j'évoque le périple vers lequel ce train me conduit. Il faut se lever tôt pour étonner un Indien. Disons, être levé depuis quatre mille ans.

Le terzetto revient en riant alors que le train redémarre après l'arrêt d'Allahabad (trente minutes). Les voici ravis d'avoir, malgré mes recommandations, acheté des beignets sur le quai et partagé un repas avec une famille indienne. « *The girl was beautiful !* » dit Charles-Marie en forçant sur l'accent indien. À mon tour d'aller me promener, leur dis-je alors que la locomotive nous tire vers le plateau du Dekkan. Je traverse tout le train. Des bébés gloutons sur de jolis seins cuivrés aux vieux sages illuminés par l'eau du Gange, des hommes d'affaires arrogants aux paysans, des Sikhs aux Tamouls, des familles qui se rendent à un mariage à celles qui reviennent d'une crémation, des petits anges aux petites putes... ce long convoi fend la nuit indienne en un *tacatac !* glorieux. Sainteté, amour, puissance et mort, tout est présent ici. Pourquoi aller plus loin ? Ô tendresse offerte par quatre gamins qui ne voulaient plus me lâcher après avoir reçu des porte-clés ! Une gare, des ampoules nues, une chèvre en goguette sur le quai, un mendiant, des grappes d'humains tassés sous des couvertures rouges, les sourires, lumière lustrale... Je saute dans le train qui repart à la conquête de l'espace. Sifflements dans la nuit, *tacatac !*, odeur de jasmin, une mère endort sa fille en chantant, le grand-père marmonne des prières. S'il n'y avait qu'un mot pour désigner la porte ? Ce mot serait *jug*, ce qui *joint*, le lien (yoga). Entendre : l'homme, le ciel et la terre unis. On y reviendra.

Je retourne dans notre compartiment.

— Alors ?

— Mes enfants, on avance en ignorant pourquoi on avance.

— On ne s'est jamais posé cette question. Attention à ne pas tomber en montant sur ta couchette...

La nuit est glaciale. À Jabalpur, vers trois heures du matin, je descends à la recherche de nos spectres sur un banc du quai. Je ne reconnais rien. « Où étais-tu ? » me demande Jeanne que je réveille en grimpant. Comment nommer le pays du passé ?

Le lendemain, le train traverse la partie centrale du Dekkan, où vit encore l'Inde la plus traditionnelle. Nous avons relevé les couchettes et devisons, lisons, dodelinons tandis que passent Itarsi, Anla, Narkher, Nagpur (couronnes de fleurs sur le quai). Des jeunes sont montés. Ils ont entendu la guitare sur laquelle Charles-Marie compose un nouvel air. Ils nous submergent, insistent pour un concert. Charles-Marie se lance, Jeanne chante, Aurélien traduit les paroles. D'autres passagers s'agglutinent. Un Indien en dhoti chante à son tour. Les collines et les monts défilent, les essieux grincent. La nuit revient avec l'entrée dans l'Andhra Pradesh, pays dravidien où l'islam s'est éloigné, où l'écriture a pris les rondeurs du télougou, où les femmes portent des guirlandes de jasmin dans les cheveux.

Le jour se lève sur les rizières de la plaine le long de la côte de Coromandel. Il fait très chaud dans le matin de Chennai (Madras). Nous déposons nos sacs à la consigne et cherchons aussitôt un train pour Tiruvalangadu, qu'aucune carte, aucun guide ne mentionne. Je dois sa connaissance à un excellent livre d'un écrivain à découvrir, *L'Inde au pied nu* de Pierre Lartigue. C'est dans le temple de ce village qu'aurait eu lieu un concours de danse entre Shiva et Bhadrakâli. Le dieu et la déesse avaient coutume de danser ensemble. Shiva savait que sa compagne était plus habile que lui, il lui proposa un concours. Bhadrakâli dansa de la manière la plus aérienne. Quand vint son tour, Shiva lança en l'air une de ses boucles d'oreilles, tendit sa jambe à la verticale contre sa joue et rattrapa la boucle avec un orteil. Une femme indienne (qu'il ne faut pas confondre avec une danseuse de french cancan) ne pouvant décemment lever la jambe, Bhadrakâli dut s'avouer vaincue. Plusieurs sculptures représentent cette scène que je livre bien volontiers à la réflexion de nos compagnes. Ici, on montre et ne glose point. Dans d'autres mythes, la femme est jugée supérieure dans l'art des jeux de l'amour.

Lisant les histoires des dieux et des déesses, je constate que la littérature n'arrive que très rarement à leur niveau. La littérature est comme du mythe tombé de l'arbre. La grande littérature est remontée par le tronc. La plus mauvaise est un rameau mort recraché par un perroquet. À mon étonnement, le guichetier connaît Tiruvalangadu. Deux heures vers l'ouest, une gare à la Babar, un village avec un marché où les pigments des fruits, légumes et germes de la divine campagne tamoule, les senteurs, les rires, les mains des enfants offrent au quartette une antichambre de l'éden. Une heure de marche sur une route qui longe des rizières dont le vert est rehaussé par le bleu du ciel, le jaune des touffes de mimosas, l'autre vert des euphorbes et le vert des vomiquiers aux fruits jaunes. À mi-parcours, nous nous arrêtons pour pique-niquer devant un sanctuaire. Un homme apparaît au loin. Il soliloque avec véhémence. Nous le saluons quand il est à notre hauteur ; il s'arrête, nous regarde, reprend sa marche. Il parlait à son chef de service, dit l'un d'entre nous. À sa femme, dit un autre. Non, à sa vache qui ne donne pas assez de lait. Et le quatrième dit : à son diable.

Entouré d'un vaste bassin, le temple est désert. Plusieurs cours, un banian sacré, un tombeau, beaucoup de dieux et déesses qui expriment les forces maléfiques et bienveillantes de la vie. Pour nous quatre aujourd'hui, la vie est une douce aventure. Nous restons en silence devant la sculpture représentant l'imposture de Shiva, jambe levée contre son visage. « Mais d'avoir fait des Dieux de notre condition, de laquelle nous devons connaître l'imperfection, leur avoir attribué le désir, la colère, la vengeance, les mariages, les générations et les parentèles, l'amour, et la jalousie, nos membres et nos os, nos fièvres et nos plaisirs, nos morts et sépultures, il faut que cela soit parti d'une merveilleuse [extrême] ivresse de l'entendement humain » Montaigne, *Essais* (II, 12).

Déambulation nocturne dans les rues de Chennai. Les Indiens raffolent de la nuit. Elle reste pour nous chargée d'inquiétude. Elle fait ici partie de l'ensemble. Nous avons mis des murs sur la mosaïque.

À Auroville, où j'ai déjà séjourné trois mois dans la compagnie des oiseaux et des arbres, mais avec des sentiments contrastés sur l'expérience, nous nous installons dans la communauté de Sharanga sous la protection cocasse du roi Bernard. Tandis que les jeunes s'élancent à moto vers le sud à la découverte d'eux-mêmes, je marque une pause avant de reprendre mers et routes. Je m'intéresse à l'ayurvéda (science de la vie), la médecine traditionnelle indienne, qui a la lucidité de rechercher les causes de la maladie avant même de proposer une thérapie avec des plantes, une existence réglée (nourriture, respiration, sommeil, sexe) et des massages pour libérer les circuits énergétiques du corps. Son maître avait transmis à Kiran Vyas les deux questions auxquelles le patient devait répondre avant qu'on s'occupe de lui : Pourquoi êtes-vous malade ? Voulez-vous vraiment guérir ? Le malade est responsable de la maladie qui prend sa source dans un déséquilibre de sa force vitale. S'il veut guérir, il doit trouver les moyens de remettre les circuits en fonction. Mélancolie, tristesse, colère, choc émotionnel, etc. causent une panne, aubaine de la maladie. Il s'agit de rouvrir les *chakra* obstrués, et que les flux naturels fassent leur travail. Dans certains cas, un mot, un sourire, une caresse peuvent guérir.

René Descartes, qui n'était pas plus « cartésien » que le Bouddha « bouddhiste » *(idem* pour le Christ), avait bien vu les choses lorsqu'il écrivait à la princesse Élisabeth fréquemment souffrante : « Il se faut entièrement délivrer l'esprit de toutes sortes de pensées tristes, et même aussi de toutes sortes de méditations sérieuses touchant les sciences, et ne s'occuper qu'à imiter ceux qui, en regardant la verdeur d'un bois, les couleurs d'une fleur, le vol d'un oiseau, et telles choses qui ne requièrent aucune attention, se persuadent qu'ils ne pensent à rien. Ce qui n'est pas perdre le temps, mais le bien employer ; car on peut, cependant, se satisfaire par l'espérance que, par ce moyen, on recouvrera une parfaite santé, laquelle est le fondement de tous les autres biens qu'on peut avoir en cette vie. »

Dans un institut de recherche de Pondichéry, je me lie avec un pandit dont la passion est de transmettre ses connaissances et qui daigne le faire à des Occidentaux, mais à petites doses. Nous nous promenons le long de la mer. Je l'interroge sur Sri Aurobindo qui a longtemps vécu ici et dont la pensée a théoriquement inspiré l'expérience d'Auroville. Sur Auroville, il est négatif (je m'en doutais). Quant aux commentaires de Sri Aurobindo sur le Véda, il s'en méfie. Le principe d'évolution valorisé par Aurobindo n'entre pas dans sa ligne de mire. Il pense cycles cosmiques *(kalpa)*, dont chacun dure plus de quatre milliards d'années avant une destruction suivie d'un nouveau cycle. Pas une ligne droite, des cercles. Il est serein devant la dégradation de l'état du monde. Il a entendu évoquer la « mort de Dieu », qui lui semble une invention de cerveaux malades. Pensant aux émois divins de Râdhâ dans les bras de Krishna, je l'interroge sur les rituels tantriques à caractère sexuel. Il se montre vasouillard. Je ne puis saisir quelle part joue l'ignorance, quelle part le refus d'en parler. Sans avoir reçu d'initiation, je sais que l'élan fusionnel dépasse l'ordre humain. On ne saurait traiter cavalièrement cette question où jouent plusieurs instruments : la peau (« Ce qu'il y a de plus profond en l'homme, c'est la peau », Valéry.), le sentiment, le langage, l'âme si l'on veut, l'orgueil sûrement, la mort — et n'oublions pas la nécessité pour la vie de se perpétuer à travers nous. Impossible de distinguer le rôle de chacun dans le brouhaha de l'orchestre, ou lors du silence qui suit quand les corps retrouvent leur enveloppe.

Pendant des siècles en Inde, la tradition tantrique, d'abord hindoue, puis bouddhique, a expérimenté l'éros comme voie vers le divin. Ces rituels nécessitaient une méticuleuse initiation qui devait rester secrète, et qui l'est restée. De nombreux textes de Tantras les évoquent.

Ils valent ce que valent les mots dans ce domaine nocturne. Selon le *Kulârnavatantra* (X, 39-47), c'est un vendredi que le dévot doit inviter une « fille aimable, ayant de l'inclination pour lui ». Il purifie son corps, le pare, le parfume, se pare, se parfume. Puis, grâce à des sacrifices, fait passer la divinité en elle, murmure une formule qui sera « répétée mille huit fois sans que sa pensée se modifie » et enfin passe la nuit avec elle. « Celui qui rendra hommage selon cette méthode durant trois, cinq, sept ou neuf vendredis, en tirera un mérite incalculable. »

Le pandit de Pondichéry : « Vous savez, tout cela est à prendre de manière symbolique. Il faut montrer aux gens simples qu'il y a grande joie à s'unir au divin. Les parfums sur le corps sont les parfums devant les représentations de la divinité, la nuit en question est une nuit de prière. » Ah ?

Je suis remonté à Auroville. Alors que les grillons se déchaînent pendant cette nuit de lune déclinante, je me dirige vers la maison où nous avons vécu, Claire-Obscure, nos deux filles (l'une était encore au sein) et moi. Les branches du banian qui recouvrent le toit n'ont pas changé, ni le jappement des chacals au loin, ni le frissonnement des feuilles sous la varangue.

Charles-Marie couvert de la poussière des routes : « Quelle merveille, les temples hindous !

Tout y est possible. On y prie, on y joue, on y discute. Nous y avons dormi aux heures les plus chaudes. Pourquoi chez nous les lieux sacrés sont-ils coupés de la vie ? »

Unio mystica et physica (union mystique et physique). On s'en méfie en Occident. En Inde, c'est *l'unio mystica non physica* qui serait inquiétante.

Le désir est le maître de celui qui avance derrière son ombre sur le chemin de terre rouge.

Quand on croit tenir une vérité, un élan pousse à la retrouver partout. Sri Aurobindo tire Héraclite à lui. L'Église a recueilli des signes préchrétiens chez les Anciens. De même les marxistes, les freudiens, les structuralistes relisent-ils tout avec leur grille. Aimer l'irréductible. Aller vers des tables où il est impossible d'apporter son manger.

Avec ma petite moto, je me suis rendu dans des villages qui restent les décors vivants des mythes. Les maisons sont des chaumières autour des puits. Peaux de chèvres qui sèchent (basse caste), saris furtifs, gestes lents, sourires. Je ris avec les enfants, honore la divinité du sanctuaire, accepte du thé, donne des biscuits.

Je me sens chez moi. Reste en suspens la question de savoir quel est ce moi. Je change la perspective pour me demander : non pas quel est-il, mais d'où il vient.

En repartant, j'ai le soleil dans les yeux. J'aperçois une sorte de sadhou dans le nuage jaune d'un troupeau de chèvres. Il me fait un signe. Je reconnais l'homme qui s'était assis à côté de moi à Brindavan et m'avait dit de ne pas aller à Bénarès. La route tourne, je manque de déraper, je ne le vois plus. Bien sûr, ce ne peut être lui. On ne va quand même pas me faire le coup des craintes qui deviennent des visions !

Je rentre lentement sur la route cabossée qui conduit à Sharanga. Gros soleil orange derrière les feuilles d'eucalyptus. La paix des arbres comme une certitude. Demain, nouveau départ.

« Et n'est train de vie, si sot et si débile, que celui qui se conduit par ordonnance et discipline » *Essais* (III, 13).

*

Au large de l'Inde.

Qui n'a rêvé enfant devant les *marchands de couleurs ?* Les rouges, les noirs, les jaunes, les blancs aussi, et ces couleurs plus incertaines : garance, indigo, prune, havane ou ventre-de-biche… J'ai tout accueilli au cours de mes voyages qui m'ont conduit de tous les côtés à tous les âges de ma vie en attendant l'ultime, que j'aimerais terminer en cavalier.

Je revois des cicatrices, des mouches dans les yeux, des grimaces, des mains agiles, des sourires à se damner, des villes oubliées, des alchimies devant les bûchers, des tombes et des rondes, des mères aux seins épuisés, des éclairs dans la nuit, un mot laissé sur un tas de pierres par un homme qui disparaît au loin vêtu de sa robe.

La multitude de visages renvoie le nôtre à un échantillon.

Le voyage ouvre, épuise, épure, charge, fait craquer les meubles familiers, fait apparaître les images d'un parchemin inachevé. Il nous rajeunit et nous patine. Il est la source de ah ! oh ! bof ! aïe ! heu ! ouf !... et de ce ô !, signature des artistes.

Il donne du ragoût aux marches dans la forêt, du bonheur aux crépuscules, de l'appétit quand démarrent les vieux cars à l'heure des aubes bleutées ; il rend étonnants nos dieux familiers.

Si je compte, j'ai plus dormi que voyagé, ouvert plus de livres que suivi de routes aux noms barbares. Vaine comptabilité ! La vie ne nous dit pas, de toutes nos heures, laquelle nous donnera notre visage d'éternité.

Les voyages ont été mes écoles. Ils ont chambardé les raisons étroites, m'ont donné à voir l'envers du sable et du ciel.

J'ai traversé des fleuves, des saisons, des mythes, des mers, le feu, la glace. J'ai rencontré le péril de se perdre. Mais c'est un don ! On en tirera une sagesse.

J'ai souvent entendu de drôles de bruits sur les essieux des trains. Je voyais tomber vers les voies des morceaux du vieil homme.

Au retour, on sait pourquoi les enfants ne se lassent de poser des questions. On sait aussi que là où les visages des vieux portent des masques, la maison est vermoulue. Je suis d'une maison qui tombe.

Les souvenirs des voyages, j'en ai fait un tas. Quand le vent se lève, ils s'envolent.

2

LE ROYAUME DU SIAM

Celui qui regarde ce monde comme s'il n'était qu'une simple bulle d'eau ou un pauvre mirage, le Roi de la mort ne le voit pas.

DHAMMAPADA
Sentences du Bouddha, XIII

« Que faites-vous ici ? » est une question convenue à laquelle elle donne du relief par une réponse en idiome international : « Je voyage pour éviter de me jeter sous un train. » Je regarde avec plus d'attention la sylphide qui vient de m'aider pour l'envoi d'un paquet dans la poste de Khong Chiam, un village situé au-dessus du Mékong, à l'extrémité orientale de la Thaïlande. Elle sort du bureau de poste. Il me reste à payer. Je ne la reverrai pas, me dis-je. Je ne suis pas sur la route pour retrouver les névroses de l'Occident. Elle fume assise à l'ombre. Elle a de longs cheveux blonds, des yeux bleus, et s'exprime en anglais avec un accent. Je l'entraîne vers une gargote. Elle commande un Pepsi-Cola glacé. Je lui fais remarquer que la glace fabriquée avec une eau douteuse est à éviter. Elle hausse les épaules en suçant un glaçon. Elle est autrichienne, erre en Thaïlande depuis deux mois, a attrapé la langue aussi vite que les blondes attrapent des coups de soleil. Elle fait sortir le glaçon de sa bouche puis l'aspire. Je lui parle de l'Inde que j'ai quittée il y a une quinzaine de jours. Elle n'y est jamais allée. Je lui dis qu'elle pourrait y rencontrer un maître susceptible de l'aider.

— M'aider à quoi ?

— C'est comme la chimie. Il s'agit de changer la nature d'un état. Transformer un poison en boisson vivifiante.

Elle joue à nouveau à faire entrer et sortir le glaçon entre ses lèvres. Elle le projette dans son verre, rit d'être éclaboussée. Je blablate sur les capacités des sages indiens à voir en nous notre part inconnue. Mlle Pepsi se lève, allume une cigarette, dit : « Vous ne pouvez pas comprendre » et disparaît en laissant une odeur de patchouli.

J'ai installé dehors ma table de travail. Il fait 36,7° à l'ombre, ce qui donne du mou au cerveau. De la terrasse qui jouxte la chambre que j'ai louée dans ce village perdu où je suis arrivé par hasard (?), j'apprends quelques idéogrammes chinois avant de traverser ce pays que je ne connais pas, alors que je suis déjà venu en Thaïlande et au Laos. *Xing*, voyager, est formé d'un pas en avant avec le pied gauche, d'un autre avec le pied droit. Une petite Thaïe s'est cachée pour m'observer. Quand je la regarde, elle s'échappe vers la maison de mes propriétaires. Elle dépose dans l'air un souvenir si léger que le soleil aussitôt le brûle. Je trace le mot planète. À gauche voyager, à droite étoile. Le signe arbre, *mu*, est d'une facilité adaptée à la chaleur. Si l'on ajoute l'idéogramme enfant sous celui d'arbre, on obtient prunier car, dit-on, le prunier est l'arbre des enfants à cause de l'abondance de ses fruits et de leur goût agréable. Les enfants, *zi*, ont été des maîtres dans ma vie. Tous les systèmes de pensée sont contestables, pas les enfants. Leur égoïsme ne porte jamais le masque du contraire par quoi l'adulte croit tromper, alors qu'il est surtout ridicule, et ne trompe que soi. Je trace *quian*, épuisé, formé de *ren*, l'homme, et de deux traits qui expriment un souffle difficile.

Je me réveille à la fraîche (relative). Je descends vers le Mékong alors que le village commence à s'animer. Je marche sur une butte qui domine la rive. Je vais m'asseoir sous un arbre. L'eau est lente, son cours est rythmé par des îlots faits de rochers ronds. La rêverie devient douloureuse quand une barque apparaît sur l'eau et que le geste du rameur debout est si parfait, le clapotement si mélodieux, qu'il m'est impossible de goûter une telle beauté sans pouvoir la partager. Le voyage solitaire est, pour moi, une déchirure et une nécessité. Je lance des cailloux dans l'eau. Ils dessinent des cercles qui me calment. Quand la surface redevient plane, on pourrait supposer que le temps a été emporté sous l'eau par les pierres. Aucun son, aucun souffle. Le fleuve est de marbre. Vacances des pensées.

Aux intellectuels encombrés, rappeler que la spécialité de l'homme est de croire aux bobards qu'il se raconte pour tenir debout. Le génie du bouddhisme est de remettre les compteurs à zéro. D'une étoffe réaliste, les Chinois représentent la vacuité, *xu*, par une grotte. On y rentre après une longue reptation (patience), on en sort pour un rien (distraction).

Sur un rocher du fleuve vers l'ouest, je distingue un pantin qui retient le soleil. Quand mes yeux s'accoutument, je reconnais Mlle Pepsi. Je la vois — ou l'espère, comment savoir ? — nue. Que faire si elle se jette à l'eau ? Elle est loin, impossible d'arriver à temps, mais elle n'a accroché aucune pierre à son cou. Comme il me semble que le regard de la jeune femme est tourné dans ma direction, je reste immobile ; elle aussi, fondue dans les derniers rayons du soleil. Quand ils disparaissent, je remonte sur la butte et m'éloigne avec le pas lent d'un sage que je ne suis pas.

Un bateau accosté sert de restaurant. On y accède par un escalier très raide. Je suis le seul client. On me sert, avec ce mélange de gentillesse et d'indifférence propre aux habitants de ce royaume, un poisson à la citronnelle et une bière sur une table le long de l'eau. Ce pourrait être le bonheur propice à une bonne santé s'il n'y avait du côté des fourneaux une télévision autour de laquelle toute la famille (six personnes) est en prière. Bien que — béni soit le seigneur ! — les codes culturels varient encore d'une contrée à l'autre : vêtements, langues, gestes des mains, préparation du riz, manières de s'aimer ou de solliciter les dieux..., les jeux télévisés présentent partout la même vulgarité d'une prolétarisation galopante. Je me retourne, mais alors je ne vois plus les enfants. En fait, la question est simple, et je suis satisfait de déposer sur un petit papier cette philosophie du bord du Mékong : « Le diable est l'ombre de l'ange. » Ce constat apaise. L'angoisse provient d'un désir sans espoir. Plus de désir, plus de névrose. Nous voici au cœur du bouddhisme. J'ai peut-être là le moyen d'aider Mlle Pepsi à sortir de sa prison.

La nuit de nouvelle lune est très noire. N'ayant pas prévu de rester près du fleuve jusqu'à l'obscurité, je n'ai pas pris de lampe électrique. Je rentre en tâtonnant. Arrivé dans le village par le chemin qui longe un monastère, je me dirige vers ma chambre. Un chien sort d'une ferme et vient me dire combien il est mécontent de moi. J'essaie en vain de le persuader qu'il m'indiffère.

Sylphide Pepsi fume assise devant le sentier qui monte à ma chambre. J'accepte une cigarette, lui demande combien de temps elle compte rester à Khong Chiam. Haussement d'épaule. Elle jette sa cigarette sur la terre sèche, en allume une autre. Je vois ses yeux quand elle tire une bouffée, un bleu de cadavre. Je lui parle du diable et de sa nécessaire acceptation. Elle me dit qu'elle attend autre chose de moi qu'un prêche. J'évoque le bois de Brindavan, les amours de Krishna et Râdhâ, la manière indienne de lier le sacré à l'acte charnel. « Le sexe me dégoûte », lance-t-elle en soufflant de la fumée. J'avais pressenti quelque chose de ce côté. Retour du silence, noir épais. Je me lève, lui dis que le lendemain sur le coup de quatre heures, je partirai à bicyclette vers le site préhistorique de Pha Taem.

— Vous y êtes déjà allée ?

— Non !

— Falaises au-dessus du Mékong, peintures rupestres, marche sur le fil du temps, grottes…

— Horreur des grottes !

— Très bien. Rendez-vous à l'entrée demain à cinq heures.

Je m'assieds sur la terrasse de ma chambre. Les étoiles, un linceul. Si, marchant sur une plage de sable, on se retourne, les pas qui viennent à nous sont comme un destin établi. Devant, ça swingue.

*

Après l'Inde, je laissai Singapour, ses tours, son orgueil. J'ignorai les wats de Bangkok chers à Mishima, le marché flottant cher aux troupeaux de moutons, les rues chaudes chères aux quéquettes orphelines, la maison de Jim Thomson chère à la photographe Boboli. De mon attente dans la gare de Bangkok ornée d'un grand portrait du roi, je garde le souvenir d'un moine ronchon à la peau ridée, au pas de félin. Je suis descendu du train à Buri-Ram. Dans la gargote du dîner, le réchaud et la cuisine étaient sur le trottoir. Sur la table branlante d'une pièce où deux fillettes faisaient leurs devoirs, un transistor crachait des insanités. Au mur, la photographie d'un sage bouddhiste. Dans la seconde pièce, deux moustiquaires par-dessus des matelas. Un bébé dormait. J'étais servi par un enfant souriant qui a hésité à me demander un cadeau. Sa mère l'a éloigné de la main.

J'arrivai au temple de Phanon Rung sur une moto conduite par un zinzin. Dans le bâtiment qui datait de l'époque khmère, je retrouvai l'Inde avec des représentations de Shiva dansant, de Vishnou, de Krishna combattant Kâliya le roi des serpents, qui vivait dans la Yamuna et possédait de multiples têtes, et que Krishna était arrivé à vaincre à l'âge de cinq ans. Situé dans un parc sur le flanc d'un cratère, le site est léché, un décor pour une pièce terminée depuis longtemps. Une seule note de vie : trois perruches vertes qui s'élançaient d'un massif de bougainvillées.

Dans le train pour Ubon Ratchathani, où s'arrêtera la ligne de chemin de fer avant de reprendre au Vietnam pour le voyageur qui « mesure le monde en le parcourant » (Strabon), une jeune Thaïe portait des chaussures dorées à talons hauts, un jean, une chemise bouffante, des couettes, un baladeur. À côté de cette demoiselle vêtue d'un tel uniforme, était assise une paysanne qui semblait être sa grand-mère. Elle portait un sarong et une veste brodée qui terminera sa vie dans une collection après avoir servi à dix générations. L'une et l'autre à l'aise dans leur époque. Le Bouddha n'a cessé de nous mettre en garde contre les apparences, une fumée. Je rêvassais en écoutant le son des roues sur les rails tandis que défilaient les paysages plats de l'est du royaume. Une princesse thaïe rencontrée il y a longtemps à la Sorbonne m'avait chantonné cette formule que les enfants se répétaient pour passer le temps dans les trains (exorcisme ?) :

Theung ko chang mai
Theung ko chang.
« Si on arrive, tant mieux. Si on n'arrive pas, tant pis. »

Les peintures préhistoriques du musée d'Ubon Ratchathani ressemblaient étrangement aux nôtres : mêmes mains au pochoir, même schématisation des animaux comme si le style avait voyagé ou qu'une Puissance l'eût distribué en des points différents de la terre au cours d'époques différentes. Un gardien m'a signalé l'existence du site préhistorique de Pha Taem près du village de Khong Chiam à la frontière avec le Laos. J'ai trouvé un car jusqu'au marché de Phibun Mangsahan où l'on m'a fait attendre parmi des poules qu'une sorte de boîte en bois tirée par une moto fût pleine à craquer de paysans silencieux et daignât pétarader sur la route boisée.

Après avoir trouvé au-dessus du village une chambre avec eau et terrasse, je suis descendu vers le Mékong. Sur la rive opposée, de curieuses fumées s'élevaient des forêts du Laos où l'on ne voyait aucune habitation. Elles striaient le ciel avant d'être absorbées par le bleu. Quand je suis revenu à la nuit tombée, la rive laotienne était pleine de taches rouges. Je contemplai le sang de la forêt s'échappant du noir. Quels corps faisait-on brûler, pour quelle renaissance ? J'interrogeai avec les mains, on me répondit par un haussement d'épaule. Le lendemain, la forêt continuait à fumer. Je constatai qu'un batelier transportait des passagers d'une rive à l'autre. Je lui fis un signe. Après de longues explications ponctuées par des gestes, je compris le message : son trafic illégal lui faisait prendre des risques, surtout avec un homme comme moi, en conséquence la somme se devait d'être rondelette. On finit par trouver une entente.

Je débarquai sur la rive laotienne muni d'une naïve excitation. Je demandai au batelier de revenir me chercher quand le soleil serait tout en haut dans le ciel, là, au bout de mon bras dressé dont il regardait en riant l'index impératif qui s'agitait. J'ai avancé dans la forêt escarpée avec l'espoir d'atteindre un village. Je suis arrivé péniblement sur un brûlis en pente qui n'avait pas l'allure d'un futur lieu de culture. En poursuivant l'ascension, j'ai rencontré des hommes qui allumaient un feu et ne s'étonnèrent pas de ma présence. J'ai fini par comprendre à force de gestes et de dessins sur mon carnet qu'ils brûlaient les feuilles mortes pour que poussent des champignons avec l'arrivée des pluies. Je leur ai demandé de me conduire à leur village.

Village est un grand mot. Il s'agissait de cinq maisons en bois sur pilotis dans une clairière de la forêt. Quelques poules, des cochons noirs, un potager où travaillaient trois femmes. Je m'assis à l'écart pendant une heure. J'eus le désir de vivre dans un lieu comme celui-là au cours de mon périple. Je m'y suis *vu*, et j'ai aussitôt rejeté l'image du nanti qui s'offrait l'illusion de traverser le miroir avant de retrouver ses livres, sa salle de bains et de tartiner des phrases sur son expérience. D'un autre côté, une mauvaise image n'est pas un mauvais réel... Bon. On verra. Le refus des contradictions peut être une forme de cécité.

Vers midi, je me suis levé, j'ai salué les habitants indifférents, je suis retourné au fleuve. J'ai longtemps attendu. Enfin, une barque au loin ! J'ai fait de grands gestes. Le pêcheur, qui n'était pas celui du matin, m'a demandé une somme extravagante. J'avais pris soin de n'avoir sur moi qu'un montant raisonnable. Je lui ai montré ma poche vide et j'ai agité devant ses yeux quelques billets qu'il a regardés avec concupiscence et, en même temps, j'ai vu son œil froid de calculateur qui voulait plus encore. Attends ! Regarde ! J'ai sorti un dernier billet de ma poche arrière et j'ai sauté dans sa barque. Nous étions aussi satisfaits l'un que l'autre.

Le soir devant le fleuve, quand j'ai vu les taches rouges du feu dans la nuit, je me suis senti dépouillé d'une richesse. Carte postale au docteur Freud : « La création s'appuie sur la puissance du mystère. »

*

Trois jours après mon arrivée dans cette extrémité d'un royaume, me voici donc avec sur les bras le rendez-vous proposé à Mlle Pepsi. Comment démêler la part de la curiosité, du désir et de la compassion ? Tout n'est-il que mélange ? En attendant de partir pour les falaises de Pha Taem, je me mets dans la main *ri*, le soleil, dont on retrouve la forme dans *yang*, le frère incestueux de ce *yin* plein d'ombre et de sagesse. En fin de matinée, je me rends au monastère du village où je rencontre un bonze qui m'avait plu et avec lequel je communique au moyen du regard. Il me fait signe de m'asseoir à côté de lui dans l'enclos près d'une salle de prière où les statues du Bouddha sont, elles aussi, prises d'indolence. Je règle ma respiration sur la sienne, ample et lente. Au-dessus de nous, des feuilles d'arbre crissent, et une même brise caresse nos visages. Je n'ai pas l'insolence de penser que nous ne sommes qu'un, mais je me dis : si je me fais plus petit, très serré à l'intérieur de moi, il y aura une place pour lui. Illusion ? Il récite en pâli un des versets du *Dhammapada* que j'ai déjà entendu :

Yathâ bubbulakam passe, yathâ passa mâricikam,
Evam lokam avekkhantam maccurâjâ na passati.

« Celui qui regarde ce monde comme s'il n'était qu'une simple bulle d'eau ou un pauvre mirage, le Roi de la mort ne le voit pas. »

Il me bénit. Le silence revient. Prie-t-il ? J'essaie de méditer. Il se racle la gorge, il bouge. Il me montre ses yeux malades. Je me lève en essayant de ne pas être brusque. Je le salue avec respect. Arrivé sur le marché, je regrette ma réaction. Si j'avais été plus libéré, j'aurais pu lui donner de l'argent en n'y voyant pas un commerce ou, mieux, en le trouvant légitime.

La chaleur est telle que je renonce à me rendre à Pha Taem à bicyclette. Je réserve un tuc-tuc pour l'après-midi, précisant l'heure avec mes mains. Cela fait sourire le conducteur qui n'a aucun client. J'achète des fruits : ananas, oranges, bananes. J'en tends à une fillette qui les refuse. Pour la sieste, aucun choc de civilisations.

Pas de Mlle Pepsi pédalant sur l'unique route qui conduit aux falaises. Je l'attends un moment à cinq heures à l'entrée du site avant de partir d'un pas soulagé vers les peintures préhistoriques. Le sentier suit un relief accidenté. Il faut parfois se retenir aux arbres ou avancer à quatre pattes dans d'étroits passages entre les rochers. Au-delà du précipice, on aperçoit le Mékong couler. Couler est exagéré. Il étale langoureusement sa surface qui, avec le déclin du soleil, passe de l'argent au cuivre, et y gagne. La récompense est au rendez-vous. Voici les falaises aux peintures. Ouverte au vent et à la pluie, la paroi est protégée par une avancée de la roche qui la surplombe. La majesté du site, le frou-frou des arbres, le mystère du Temps, la crainte du précipice, la reconnaissance à l'égard de la vie… cette mixture qui a donné naissance aux dieux a-t-elle vraiment changé depuis que nous avons tenté d'en découvrir le mécanisme ? L'homme d'avant l'histoire (façon de parler) est plus proche de nous qu'on ne pourrait le croire. Ses désirs, ses peurs et ses joies coulent encore dans nos veines. Derrière les dessins cubistes de la paroi et les animaux percés d'une flèche, il y a une main qui s'ouvrait et se fermait comme la nôtre sur une arme, un sein ou un fruit. Je franchis la barrière qui « protège » les peintures, pose la main sur la roche. J'y abandonne mon ombre.

L'homme qui a laissé des traces dans ces grottes effondrées (glissement de terrain ?) connaissait l'unité de la vie. Il savait que l'arbre est sagesse, que la pierre est présence, que la voie lactée est un miroir de la semence, qu'il partage avec l'animal ruses et rut, que le vol de l'oiseau est semblable à son esprit emporté par la mort, que le chant a pouvoir sur les peurs et sur l'éveil. Cet homme savait franchir l'espace et le temps.

Le taoïste Tchouang-tseu a brisé les barrages de la connaissance spéculative pour retrouver la vérité de la nature. Il évoque l'« homme accompli » et son envol par le « voyage de l'esprit ». « Y aurait-il une chaleur à embraser les grands marécages qu'il ne serait pas brûlé, un froid à faire geler le fleuve Jaune et la rivière Han qu'il ne serait pas transi, des rafales de tonnerre à briser les montagnes et des ouragans à déchaîner l'océan qu'il ne serait pas terrifié. Un tel homme monterait les nuages et la brume, chevaucherait le soleil et la lune, et s'en irait loin au-delà des Quatre Mers » *Zhuangzi*.

En face, au Laos, pays de « l'éléphant blanc »,

vit dans des forêts un humain qui a gardé la connaissance immédiate des choses, apanage de l'enfant avant les clôtures. Le chemin de la connaissance passe par le feu. Pour une génération encore, la terre restera habitée par des êtres qui voient dans les étoiles des âmes errantes. Je m'allonge sur un rocher plat. Serai-je capable d'aimer comme il faut la femme de ces grottes qui s'approche craintive de l'homme qui a traversé le temps pour la rejoindre ? Je tends les mains vers sa peau rugueuse. « Viens ! » Elle a disparu.

Peu avant le couchant, j'arrive au sommet de la falaise d'où la vue s'étend loin sur le fleuve, les forêts du Laos et, au-delà, sur une ligne incertaine qui tremble dans le ciel et qui est la chimère de nos vies : l'horizon. Le retour par le sentier du haut se fait dans l'exaltation de l'espace, du vent et de l'ultime lumière. Je m'arrête contre un rocher qui a pris une couleur de gelée de coing. C'est là que Pakou venait s'asseoir, à cette même heure, après avoir rapporté six poissons du Mékong par des passes difficiles sur la falaise. Il n'avait nulle pensée, nulle image dans la tête, nul projet, aucune peur de la nuit. Il réglait sa respiration sur celle de l'espace et restait vigilant à l'égard du moindre bruit. Un soir, il avait trouvé Bâj et Mok qui s'enquillaient joyeusement sur l'herbe. Il avait attrapé le jeune homme, l'avait jeté par-dessus la falaise et, comme il aimait le travail bien fait, avait lancé vers le hurlement plusieurs roches avec l'espoir de renforcer le rouge du sang, plus rouge que le soleil. Ont-ils changé, les porteurs de roubignoles ? Qu'on me brûle !

Sur un terre-plein près de l'entrée du site, un écriteau bilingue a la joie de nous annoncer que : « D'ici on peut voir le plus beau coucher de soleil de Thaïlande. » Je le macule. Il devient de l'art « post-moderne » tandis que le soleil disparaît. Je redescends vers le tuc-tuc près duquel j'aperçois Mlle Pepsi à côté de sa bicyclette. Je lui propose une promenade. Le chauffeur met en branle son moteur péteur. Je lui fais dire en thaï par la blonde de bien vouloir continuer à attendre. Qu'il maugrée nous importe peu. Tandis que nous marchons, j'apprends qu'elle est arrivée sur le site deux heures avant notre rendez-vous. Les peintures rupestres l'ont ennuyée. Elle a longtemps contemplé le vide sous la falaise. Nous y voilà ! Je lui dis :

— C'est tentant, n'est-ce pas, un saut suivi de la tranquillité pour l'éternité.

— C'est pas la question !

— Je comprends. (Personne ne peut comprendre, pas même celui qui saute.)

Nous arrivons devant une autre falaise qui domine le Mékong plus au sud. Tout est gris. Le vide ouvre ses bras. « Superbe ! » dis-je. Elle se crispe. Je m'étire en respirant l'air de la nuit qui monte.

— La difficulté, voyez-vous, c'est qu'on n'est pas propriétaire de sa vie. Elle est un prêt.

— Stupidité !

— Décider seul, quel égoïsme.

— Vous parlez de ce que vous ne connaissez pas.

— Exact. Je ne puis connaître ni votre douleur ni son origine. Je sais seulement que s'écraser ne demande aucun talent et ne règle rien. Le courage serait de transformer votre douleur.

— Suffit, vos prêches ! Je ne suis pas venue pour entendre ça.

— Regardez votre souffrance comme des vers qui grouilleraient dans la merde en sachant que vous n'êtes pas cette merde.

— Comprends pas.

— Vous n'êtes *pas* cette souffrance.

— Me faites rire.

— Bon point.

— On voit bien que vous ne connaissez pas le...

— Devinons ! Vous n'êtes pas du genre à pleurer un amour perdu... Non ? Bon. Des parents qui vous ont rejetée ?

— Pire !

Nous nous asseyons en retrait du vide. Je parle avec le ton d'une évidence :

— Donc un viol quand vous étiez petite ?

Elle se tait. La nuit est tombée si vite que nous ne voyons plus la bordure de la falaise.

— Un proche de vous ou un inconnu ?

Elle se tait.

— Votre père ?

Elle se lève, tremblante. Elle m'attrape le bras. Un éclair dans ma tête. Je revois l'Indien de Brindavan, les bûchers de Bénarès. Elle s'agrippe à moi. Quand elle s'élance vers le vide en m'y entraînant, je lui envoie un coup sur le visage, nous tombons, je roule avec elle vers l'arrière. Puis, d'instinct, je la pousse vers la falaise tout en me retenant à une racine. Elle hurle, s'accroche au sol comme une bête ; je la fais revenir à moi, elle me griffe, je nous tire à plusieurs mètres du vide. Nous haletons. Quand j'ai repris mon souffle, je lui dis le plus calmement possible :

— C'est curieux comme on passe vite d'un double crime à l'instinct de vie.

Elle pleurniche, est parcourue de spasmes. Heureusement, il fait nuit. Au bout d'un moment, je prends une voix douce malgré le tohu-bohu intérieur :

— En fait, vous avez sauté. Sauté seule bien sûr ! Moi, votre nounours, n'est-ce pas ?… Oui, c'est ça, vous vous êtes élancée et vous êtes maintenant déchiquetée au fond du trou. Vous voulez aller vérifier ? (Elle se recule à nouveau.) Le tableau est d'une bonne facture, des coulées de rouge vers…

— Arrêtez !

— … un rouge éclatant, une étoile en sang, une extase.

Elle se lève, va s'asseoir sur une roche plate qui a gardé la chaleur du soleil. Je lui prends la main, lui caresse la joue comme à une enfant. Elle continue de pleurer. Épatants ses spasmes et ses larmes. Ils apaisent ma peur. Je lui tends un mouchoir dans lequel elle trompette.

— Passons aux choses sérieuses, lui dis-je. Finie la comédie. Ordre des forces supérieures : faites de votre sexe une offrande. Qu'il donne réconfort aux orphelins de l'amour. Offrez ! Offrez ! Faites crier de plaisir des dizaines d'hommes. Femmes si vous préférez, qu'importe ! Ne recherchez pas votre plaisir, il est en prison. Recevez la joie d'être une offrande par là où le mal est arrivé. Caressez avec méthode, avec enthousiasme, soyez la terre, soyez la pluie nourricière, soyez...

— *A bitch !*

— Ne faites pas semblant de ne pas comprendre. Je vous parle d'un don joyeux. Une force qui doit vous dépasser. Aimer votre sexe grâce à l'amour des autres.

— Vous êtes timbré ! Parfois vous me parlez comme un curé, parfois vous voulez me jeter dans le noir, parfois vous essayez vos obsessions sur moi. Vous êtes comme les autres, vous prenez mon corps pour un objet.

— Il n'est question ni de vous ni de moi. Je parle d'une force inépuisable, un flux. Donnez ! dis-je en forçant le ton. C'est simple, non ?

— Mais vous m'avez poussée ! crie-t-elle.

— Vous êtes tombée. Vous êtes revenue, n'en parlons plus.

— À quoi jouez-vous ?

Je mets ma main sur son ventre. Je respire à son rythme.

— Il faut brûler là où ça brûle.

Elle pose la tête sur mon épaule.

— Je ne veux pas être aimée pour mon sexe.

— On verra plus tard pour l'amour. Commencez par le feu.

Le conducteur du tuc-tuc manifeste une bruyante fâcherie quand je lui fais comprendre qu'il doit accueillir sur sa casserole à roues le vélocipède et la personne de Mlle Pepsi que je soutiens. Facile de deviner qu'il interprète de travers l'air vaporeux de la blonde aux vêtements maculés de terre, un air qui alimente à la fois ses phantasmes et ses préjugés contre les agités du ponant. Au retour, la malheureuse fille s'endort sur moi avec une confiance qui me trouble. Le conducteur fait exprès d'augmenter les secousses. Nous arrivons près de la maison où elle loge. Un bon bakchich nous soulage, le conducteur et moi. La jeune femme me retient avec de nouveaux sanglots. Je la repousse. Elle me demande l'adresse du maître de Chennai dont je lui avais parlé.

— Ce ne sera pas suffisant, lui dis-je.

Elle s'éloigne d'un pas incertain, appuyée sur sa bicyclette. Tandis que je monte vers ma chambre, le chien m'agresse à nouveau. J'ai surtout à combattre une fierté qui me suit dans l'escalier avant le sommeil.

Le lendemain, dès le lever du jour, je prends un tuc-tuc vers la frontière du Laos située à une heure de route. Nous nous éloignons du Mékong qui, à partir de Khong Chian, coule en territoire lao à travers la région de Champasak avant de traverser le Cambodge et de se jeter en des tracés multiples dans la mer de Chine méridionale au sud de Saigon. Je regarde dans le rétroviseur la route derrière moi, la chaîne des hasards. À quelques mètres du poste frontière, un imposant marché a poussé, un bric-à-brac d'étals où l'on se fournit en produits venus de Bangkok, l'eldorado des pauvres Laotiens qui ont reçu sur leurs têtes charmantes la rage des bombardiers américains suivie de l'étouffoir d'un régime proclamé, selon une ironie morbide, démocratie populaire. Il faudra un siècle et demi pour déminer le pays, moins de quinze ans pour qu'il bascule dans la frénésie de l'argent que freine encore un sabre qui a perdu de son tranchant et un goupillon débonnaire. Le sac sur le dos, le cœur empli de curiosité, je me dirige vers les bâtiments administratifs qui servent de frontière, cette ligne dont l'existence possède des vertus, sauf quand elle s'érige dans notre esprit. Voici donc la troisième frontière de mon voyage qui en comptera trois autres, si

Dieu le veut. Dieu ? Mais nous avons quitté ses terres, nous sommes sous l'égide d'un maître qui a trouvé la voie contre un arbre et qui, après avoir marché toute sa vie, s'est éteint sur le flanc droit en nous laissant ces mots :

« Toute chose arrive à sa fin, même si elle dure une éternité. »

3

LE PAYS DU MILLION D'ÉLÉPHANTS

Le plus difficile fut de se séparer peu à peu des pensées dont se pare l'âme d'un Européen, et surtout de l'idée que la force de l'homme réside dans son poignard et sa dague qu'il met au service de Sa Majesté. Nous dûmes renoncer à de telles chimères jusqu'à ce que notre nudité intérieure fût celle d'un bébé à naître, commençant une nouvelle vie dans un univers de sensations qui nourrissent mystérieusement.

NIÑEZ CABEZA DE VACA
qui, en huit ans (de 1528 à 1536),
se rendit à pied du Texas à Mexico
Récit de voyage

Tampons, barrières, attentes, barrières, tampons… affaire sérieuse. Le contraste est saisissant entre le riche marché du côté thaïlandais et le désordre poussiéreux du terrain vague laotien où des véhicules de brocante et des étals maigrichons attendent un client. Je négocie une place pour Paksé dans un tuc-tuc comble. Une heure de secousses parmi des visages rudes et muets. En ville, je retrouve des touristes avec la même allure dégingandée que ceux de Bangkok.

Dans ce pays pauvre et élégant, qui cultive le riz, le pavot, le café, cueille des mangues ou des kapoks, possède des temples où se règlent les questions importantes, des bonzes guérisseurs, des enfants aux ventres ballonnés, voici comment les villes étaient fondées dans un temps que l'on dit révolu, mais qui a seulement changé de parures. On demandait à une femme enceinte de se porter « volontaire » pour devenir le génie de la ville. Beaucoup se cachaient. Une, cependant, se présentait. Parfait ! On la couvrait de fleurs et de bijoux ; elle faisait trois fois le tour du site choisi ; on creusait un trou ; elle s'y jetait ; on lui enfonçait un pieu dans le corps ; on refermait le trou. La femme-génie établissait le lien entre la terre et le ciel, lien nécessaire au développement harmonieux de la ville. Plus tard, la femme fut remplacée par un buffle. La question du volontariat ne se posa plus.

Je me traîne dans Paksé. Je n'y rencontre aucun motif de réjouissance malgré le Mékong retrouvé. Je lutte contre la nostalgie si contraire au détachement bouddhique. Je vais boire une bière dans un restaurant à la croisée de deux rues grises. La jeune fille en sarong qui l'apporte descend directement des génies des eaux. Elle en possède l'ondoiement, le piment, le chant, l'enjôlement, le festoiement, les miroitements. Sa pudeur, sa démarche, le fuseau de sa longue jupe, le jeu des mains, le regard prouvent combien un chef-d'œuvre a besoin d'une collaboration étroite entre les dieux et les hommes ou, si l'on préfère, entre la nature et la culture. Quand les dieux se seront retirés dans les grottes, elle portera un jean.

Je vais marcher le long du Mékong. Des enfants nus jouent dans la boue. Mon arrivée les fige. Je les entends reprendre derrière moi leurs rires et leurs éclaboussures. J'arrive devant des baraquements où s'entasse dans des senteurs de chiasse une humanité rejetée. Au nom de quoi ?

Le jour où le dernier verrou du « communisme » sautera, les filles se vendront pour régaler le sexe des nantis, comme elles l'ont fait en Thaïlande, et ce sera pire que la misère. Cette histoire de tige qui titille l'homme, ce besoin qu'elle a d'explorer et d'expectorer, cette histoire qui a ébranlé des empires, suscité des mythes et toutes sortes de crimes, on a beau dire, elle reste une énigme. Avoir abattu des interdits n'a rien changé à sa complexité.

Le lendemain matin, je monte sur un bateau qui descend le Mékong. J'y rencontre d'autres Occidentaux, car il y a, à une quarantaine de kilomètres au sud, le Vat Phu, un temple d'époque khmère érigé sur une colline bordée de frangipaniers. Au moment de payer la traversée, un groupe de « Blancs » manifeste bruyamment parce que certains se rendent compte que le tarif est dix fois supérieur à celui des Laotiens. L'altercation s'envenime ; je sors de ma réserve et affirme qu'il est normal de débourser la somme que nous aurions à payer dans nos contrées, que la contestation est immorale, que et que… bref, je débite une collection d'inutiles et bons sentiments. Deux Suissesses m'approuvent tandis que je me fais insulter en anglais des bas-fonds par des barbus en short qui menacent de quitter l'embarcation au grand dam du batelier qui les retient et me fustige. Un compromis finit par être trouvé dans mon dos sur cette question dont l'obscénité est alimentée par de célèbres guides qui, à côté d'horaires et de plans établis avec le plus grand sérieux, procurent aux riches le moyen de voyager de la manière la plus *cheap* possible en détaillant les tarifs, les « abus », l'art de négocier. C'était ainsi en ce début du XXIe siècle…

Le bateau gagne le milieu du fleuve ; il évite les bancs de sable. Des enfants nous saluent, des buffles, bufflesses et leurs buffletins descendent boire d'un pas chaloupé, un pêcheur jette un filet, un homme crache sur le pont du bateau, un bébé au sein connaît une félicité qu'il passera sa vie à rechercher, les barbares emprisonnent des images dans des boîtes, une jeune Laotienne les mange des yeux, une radio éructe de la bouillie, une vieille paysanne épouille la tignasse d'une fillette, le moteur du bateau crache une fumée noire, un homme dort sur le toit et, à bâbord, les montagnes gardent feuilles et racines, secrets des guérisons. En Europe il neige.

« Mais ce n'est pas Champasak, il n'y a rien ! » Le bateau a accosté devant une planche branlante posée sur une plage. Pas une maison, seulement un sentier qui monte entre les arbres. « C'est ici, allez ! » Nous atteignons le village éparpillé sur un plateau au-dessus du Mékong. Les touristes gagnent le Vat Phu vers le sud. Je prends la direction opposée. Après une marche bucolique, je retrouve le bac que j'avais aperçu du bateau. Arrivé sur l'autre rive, je m'assieds. Un jeune homme à moto s'arrête devant moi. « Um Muang », lui dis-je. Il tape sur l'arrière de la selle, me dit qu'il s'appelle Noum et fonce sur une bonne route qui, si j'en crois ma carte, arrivera à Saigon après sept cents kilomètres et deux frontières. Vers le nord, cette route (n° 13) atteindra Vientiane, puis, après de périlleuses traversées dans les montagnes, la demeure des dieux : Luang Prabang.

Le jeune chauffeur auquel je me suis livré freine d'un coup sec et s'élance à droite sur un chemin de terre qui traverse des rizières dont le vert rafraîchit les nuages de poussière soulevés par notre intrusion dans cette campagne abonnée au silence. Nous croisons des écolières à bicyclette vêtues de jupes bleues. Impossible de leur rendre un signe de la main, je reste accroché à la selle. Nous entrons dans une forêt. Les roues glissent sur l'amas de feuilles mortes. Nous nous arrêtons devant une maison en bois sur pilotis censée être celle du gardien des ruines, qui ne sont gardées que par des Bouddhas cassés. La stridulation des grillons emplit la forêt, mais aucun chant d'oiseau ne s'élève. On dit que les défoliants déversés par les bombardiers de la guerre du Vietnam les ont supprimés.

Le site est déconcertant, avec cette cathédrale végétale qui entoure un temple khmer dont il ne reste que des morceaux épars. Plus bas coule une rivière qui se jette dans le Mékong. Ici, l'embrasure d'une porte ouverte sur un arbre, les marches d'un escalier, un autel recouvert d'une épaisse végétation, là, des statues de nagas, de danseurs, d'un homme-lion. Le mariage de blocs de granit, où domine le beige, avec cette végétation désordonnée a inventé un sanctuaire dont les dieux oubliés chantent la création, non le détachement. La terre et le temps ont complété l'ouvrage de l'homme qui, de son côté — évidence ! —, n'atteint sa puissance qu'avec l'aide du temps et du ciel. Les vibrations du sacré s'élèvent comme rarement dans une église vide.

Noum me conduit au Mékong. Nous descendons vers la rivière qui coule sous les ruines du temple. Un tronc de bois sert de pont à deux mètres au-dessus de l'eau. Le Laotien l'emprunte d'un pas de danseur. Je tente de le suivre avant d'être pris de vertige au milieu. L'absence de crocodiles n'y fait rien : je tremble. Je m'élance avec un tant pis ! qui se transforme en tiens donc ? de l'autre côté, et suscite l'hilarité de Noum. Nous faisons l'ascension d'une butte et redescendons vers une vaste plage au sable brûlant. Je remercie le Mékong par une ablution. Le retour vers les ruines s'accomplit aisément, comme si mes pieds nus sur le sable m'avaient rendu cette part d'enfance nécessaire pour traverser d'un pas léger une rivière sur un tronc branlant.

Je m'assieds en méditation devant un morceau de Bouddha qui penche vers un tronc où grouillent des termites. Un *Gloria in exelcis Deo !* emplit ma tête et transforme la quiétude en exaltation. À quoi joue mon inconscient avec ce chant chrétien ici ? Et voici comme un écho à ce chant : trois ondines en jupes violettes me lancent du haut d'un arbre des sortes de glands. Elles poussent des cris qui les font régresser dans la hiérarchie des fées. Je m'apprête à me fâcher quand Noum me montre que sous l'écorce du projectile il y a un fruit que je m'efforce d'apprécier. Les fillettes descendent de l'arbre. Elles tâtent mon sac, mes chaussures, rient, crient, se lassent. La plus agile se précipite sur un autre arbre dont elle gagne le sommet avec une souplesse de singe. Elle envoie des fruits à ses compagnes qui les attrapent au vol. Il est temps de partir. Derrière nos pas, j'entends leurs rires, des craquements de branches, puis seulement les grillons.

Nous retrouvons la route n° 13, inactive sous la forte chaleur de midi. J'invite Noum à déjeuner : soupe, poulet, bière qu'il engloutit. Pour payer ses études il fait visiter le Vat Phu à des touristes quand il peut, mais personne ne lui demande les ruines d'Um Muang. « Chut ! » À la seconde bière commandée à mon insu, il me dit que le meilleur business est de conduire en bateau des étrangers plus au sud, dans des villages de tribus pauvres où ils se font photographier avec les habitants qui les accueillent gentiment parce que Noum, qui vénère le Bouddha, reverse aux villageois une partie de la somme qu'il a obtenue.

— Si vous êtes tous si riches, me dit-il, c'est que vous avez accompli beaucoup de bien au cours de vos vies antérieures.

— Oh là ! Oh là !...

À Paksé, dîner sur la terrasse d'un hôtel de style colonial avec colonnades blanches et pales d'un antique ventilateur qui grince à chaque tour. Je retrouve l'esprit des hôtels indiens fréquentés avec Claire-Obscure. Le goût pour l'atmosphère coloniale n'est pas dénué d'ambiguïtés. Je les assume, plutôt que de m'accrocher à une cohérence que la vie ignore et dont l'obsession ouvre sur des barbelés. Les serviteurs s'inclinent en m'apportant les plats. Petit pacha savoure le cadre et les épices. Mais avec le dessert, la mémoire des bonheurs passés devient douloureuse. Faudrait-il n'avoir jamais été heureux pour n'être pas malheureux ? Tout cœur porte une écharpe. Supprimer le cœur ? *Vade retro !*

Je vais terminer la soirée dans un café rempli de jeunes qui écoutent une musique à vomir. Au fond de la salle, des garçons s'acharnent sur des jeux vidéo. Heureusement, la colère est plus facile à supporter que la nostalgie. Les filles ont l'air de petites putes en herbe. Il leur est encore interdit d'avoir des relations avec des étrangers.

J'avais rencontré en Thaïlande un jeune Français tout feu tout flamme qui avait dû passer la frontière pour aimer à sa guise une Laotienne qu'il trouvait beaucoup plus *top* que toutes les jeunes filles qu'il avait serrées entre ses bras dans les beaux quartiers de Paris dont il était issu. Je compris que *top* voulait dire soumise. Tout indiquait qu'il serait le pigeon de cette farce. Comment lui expliquer que les petites poulettes l'emporteront toujours sur les petits coqs ?

Le lendemain je pénètre dans le Vat de Paksé à l'heure de la prière. Les sûtras bouddhiques sont récités en pâli sous la direction d'un bonze au visage absent. L'assemblée est formée de jeunes garçons qui, selon la tradition, accomplissent des séjours plus ou moins longs dans des monastères. Ils revêtent la robe orange des bonzes qui donne son style aux pays du Sud-Est asiatique. Assis dans le fond de la salle, j'essaie de suivre la récitation. Devant moi un garçon fabrique une boulette avec la peinture écaillée d'une statue. Il l'envoie sur la tête rasée d'un de ses voisins qui lui projette à son tour un petit caillou. Le combat prend de l'ampleur. Les deux dernières rangées sont en pleine effervescence tandis que le bonze continue à réciter mécaniquement ses litanies.

Dehors, l'azur.

Rencontre avec un capitaine de l'armée belge responsable du déminage dans la région. Le

Laos est le pays du monde qui a reçu le plus de bombes : sept millions de tonnes, plus que la France, l'Allemagne et la Grande-Bretagne durant la Seconde Guerre mondiale. Cela fait une moyenne d'une demi-tonne par tête d'habitant. Pendant dix ans, de 1964 à 1974, l'aviation américaine a pilonné le Laos afin de freiner les infiltrations des Nord-Vietnamiens vers le sud le long de la piste Ho-Chi-Minh située dans la barrière montagneuse qui sépare le Laos du Vietnam. Après une mission, quand les bombardiers possédaient encore des bombes, ils s'en débarrassaient en les larguant n'importe où avant de retourner à leur base. Il reste dix à vingt pour cent de bombes qui n'ont pas explosé. Elles remontent lentement vers la surface, accomplissant le trajet en plusieurs décennies. Les habitants des villages pauvres sont friands de ces bombes dont le métal rapporte une maigre pitance. Certaines explosent quand elles sont manipulées. Souvent aussi, des enfants qui courent pieds nus dans la forêt s'écorchent sur des morceaux de bombes. Avec le climat humide et l'absence de médicaments, la gangrène les gagne. Il faut les amputer.

Un couple d'Italiens me conseille de me rendre dans une région oubliée du Laos, l'Attapu, coincé au sud-est entre le Vietnam et le nord du royaume du Cambodge. Avant l'aube et avec un léger sac, je monte dans un camion qui attaque comme il peut le plateau des Bolovens réputé pour ses plantations de caféiers qui produisent un café dont on découvrira un jour les saveurs corsées. Le froid de l'altitude est compensé par la chaleur qui se dégage des corps. Connaître un peuple, c'est aussi le *sentir*. Les grains de café qui sèchent devant les maisons forment des quadrilatères colorés comme une robe en patchwork.

Le bourg d'Attapu n'a aucun intérêt, la chambre est celle d'un triste hôtel qui a été construit pour les huiles du régime ; je déambule dans des couloirs fantômes. Je finis par rencontrer près du marché un vieux Lao dont on m'avait signalé l'existence. Il date de l'époque coloniale. Moyennant quelques dollars, il accepte de me servir de guide pour aller visiter le lendemain des villages « primitifs » situés de l'autre côté de la rivière Se Kong. « Appelez-moi Casimir, c'est le surnom que l'on m'avait donné à l'école française. »

Le lendemain, il est déçu que je ne prenne pas de photos dans le marché recouvert d'une bâche trouée qui laisse tomber des rayons de soleil sur les tomates et les écailles de poissons. Je lui dis que mon œil me sert d'objectif ; c'est pour lui une remarque qui n'a aucun sens. Beaucoup de racines et d'écorces sont étalées au sol. Elles cicatrisent, font tomber la fièvre, soignent les douleurs au ventre, les maux de gorge, les morsures de serpents, donnent de la force à l'homme, etc. J'en achète qui chassent les fantômes. J'achète également des fruits, des biscuits et des feuilles de bétel. Nous traversons le Se Kong sur un bateau plat. Casimir m'a affirmé qu'un tuc-tuc nous attendrait sur l'autre rive. En une heure d'attente, l'impatience a le temps de se transformer en acceptation. Le véhicule de musée brinquebale sur une route de terre traversant un paysage dévasté qui fut une forêt de tecks. Les immenses troncs attendent au sol des camions qui les transporteront au Vietnam où ils seront transformés en tables et chaises pour fesses et ventres aussi « impermanents » que ceux d'ici, mais plus rembourrés. Casimir m'affirme qu'on replante autant d'arbres qu'on en abat. « Où donc ? » demandé-je en montrant l'étendue pelée jusqu'à l'horizon. « Vous verrez ! » Je n'ai pas vu. Nous croisons un chantier, c'est la future route construite par les Vietnamiens pour faciliter le commerce du précieux bois et, qui sait ?, pour soumettre ce pays pris en tenaille entre la Thaïlande et le Vietnam.

Nous arrivons à Pa-am, un village entouré de montagnes qui exhibe un canon antiaérien, souvenir de la guerre. Pour les enfants qui jouent dessus, il possède la même réalité que les jeux vidéo pour les nôtres. Casimir me conduit à pied vers un bassin formé par une rivière. Des enfants nus et des femmes drapées pour ethnologues des années 30 s'y baignent avec un « naturel » qui eût enchanté Jean-Jacques Rousseau, lequel ne savait pas de quoi il parlait. Nous remontons le cours après avoir remonté nos pantalons. Nous arrivons près d'un rapide qui fait tourner une dynamo installée sur des planches. Un fil conduit l'électricité produite vers une ampoule qui pendouille du toit d'une maison. « Au-dessus, me dit mon guide, la montagne est la demeure des *phii* » (esprits). L'hésitation ne dure pas. Je règle Casimir qui me demande pourquoi je ne retourne pas avec lui. Je lui montre la forêt. Il me retient : « N'y allez pas ! Danger. Mines, *phii*... » Encore un billet, et je m'élance.

*

Trois jours plus tard, je retrouve Pa-am, le canon, les enfants, la petite épicerie. Je garderai toute ma vie des empreintes du séjour là-haut. Je me faisais une idée des nuits sans repères. J'en connais maintenant la puissance.

Après avoir quitté Casimir, j'ai longtemps marché sur un sentier escarpé dans une forêt qui suscitait la crainte. Je suis arrivé dans une clairière où il y avait huit maisons en bois sur pilotis, le toit couvert de chaume. « *Nôn* » (dormir), dis-je à un homme assis au milieu du village. Il ne comprenait pas le laotien. Les habitants m'ont entouré. J'ai répété *nôn* accompagné d'un geste. Silence. J'ai détaillé le village, les pignons en éventail, le puits formé d'un balancier avec une longue perche pivotant au sommet d'un poteau, les cochons noirs, les poules, un métier à tisser sous une maison, un gros tronc d'arbre à la limite de la forêt, son épaisseur envoûtante. Un homme m'a fait signe de partir. J'ai touché mes jambes avec un air fatigué. On m'a encore regardé en silence jusqu'à la tombée de la nuit.

Une vieille femme s'est approchée, elle m'a montré une échelle qui conduisait dans une pièce sombre qui semblait inhabitée. Je m'y suis étendu, j'ai pris soin d'être perpendiculaire à la ligne de faîte, car je savais que se trouver dans son alignement était la position réservée aux morts. J'ai entendu que le village s'animait, je me suis badigeonné avec une crème anti-moustique, j'ai dormi. Au matin, j'avais la peau couverte de boutons. Des puces ? Un garçon m'a apporté une bouillie. J'avais soif. Le garçon m'a conduit à une source. Au passage j'ai reconnu les latrines à l'odeur. Le garçon m'a tendu une baguette de bois avec laquelle s'essuyer le cul. Je me suis assis sur l'arbre couché à la lisière de la forêt. Des enfants se sont approchés puis se sont enfuis. Je suis allé me promener dans la forêt. Je suis revenu au tronc d'arbre. J'ai vu sur la terrasse d'une des maisons une femme qui dorlotait un bébé qui semblait malade. Un homme est monté et l'a tirée par le bras pour qu'elle descende. Elle a refusé. Il l'a frappée. Elle n'a rien dit, elle a protégé son bébé. Il est descendu. Il m'a apostrophé et m'a conduit sur la terrasse. Le bébé était mou et fiévreux. J'ai essayé de faire comprendre à la mère qu'il fallait l'emmener à Pa-am. Le bébé a crié. Comme j'avais dans mon sac un fébrifuge, j'en ai déposé un petit morceau sur sa langue et j'ai fait signe à la mère de lui donner le sein.

Je suis retourné vers l'arbre. Un vieil homme s'est approché. Il a baragouiné un nom en montrant le tronc. Je me suis souvenu que l'arbre découpé était l'habitation du génie tutélaire du village. Je me suis levé pour m'asseoir à terre. Il m'a réinstallé sur le tronc. Étais-je ainsi protégé ? Il s'est assis près de moi, il a accepté la feuille de bétel que je lui ai tendue. Nous avons mâchonné côte à côte en silence. Sa présence a rassuré les enfants qui m'ont entouré. Hélas, je chante mal. C'eût été le meilleur moyen, avec la danse, de créer une complicité. L'universel n'est pas une même conception de la vie (utopie), c'est le chant, la danse, l'amour peut-être. Je sentais néanmoins un lien entre le vieil homme, les enfants et moi. « D'où vient ce lien ? ai-je lancé dans ma langue en prenant la main du vieillard. Répondez ! Je suis ici pour le savoir. » Les enfants rirent de ma vaine apostrophe. Un garçon de trois ans est venu s'asseoir sur moi. Sa sœur l'a repris sur sa hanche.

Dans la soirée, je suis passé voir le bébé malade dont l'état paraissait inchangé. La mère m'a souri. Elle avait des seins splendides qui m'ont forcé à baisser les yeux. J'ai retrouvé la solitude (fors les puces) de ma maison. Plus tard, j'ai entendu des chants. Je ne suis pas descendu. Un rêve m'a réveillé. J'habitais dans le wagon d'un train au milieu d'une forêt. Je voulais savoir comment ce wagon avait pu arriver là. Il a été lancé du ciel par les Américains, me suis-je dit. Il avait un air vieillot avec des banquettes en bois et des tables couvertes de nappes blanches. Un serveur m'apportait une bouteille de bordeaux que je n'arrivais pas à déboucher. Le wagon s'est mis à avancer. Par la fenêtre j'apercevais des rizières. Nous sommes entrés dans Paris. Je me suis réveillé. J'avais des démangeaisons que la pommade ne calmait pas. Je suis descendu par l'échelle branlante. Le village dormait sous un tiers de lune. Je me suis assis sur le tronc de la lisière. La forêt était emplie de bruits. En moi : plénitude et peur. J'ai entendu un glissement sous des feuillages. Un serpent ? Je n'ai pas bougé. Il n'y avait pas de raison qu'il m'attaque, mais je n'avais aucune lumière sur les usages des reptiles la nuit, dans cette montagne habitée par des esprits. À Um Muang, j'avais honoré des nagas de pierre réputées pour leurs dons de poète. Le réel est plus coriace. Un léger chuintement ; puis le bruit a cessé. L'animal attendait ; moi aussi. Peut-être, fugitivement, ai-je été tenté par l'absolu de la mort sous ces arbres qui touchaient les étoiles. Un nouveau glissement m'a rendu mes défenses. Et lui, le reptile au sang froid, où en était-il ? Il devait savoir que je n'étais pas comestible. S'il s'agissait d'un concours de patience dans l'immobilité, j'étais prêt à relever le défi, mais malgré mes élans vers Mère nature (facile dans les jardins), je ne suis pas dans toutes ses confidences. Elle ne m'envoyait aucun signe. Si je bondissais vers le village, le reptile s'enfuirait-il ou attaquerait-il d'une morsure décisive ? J'ai chassé l'image des Shiva de Bénarès. L'irruption était trop grossière. Je suis resté figé, respiration immobile. J'ai prié avec la foi de mon enfance. Au bout de combien de temps me suis-je levé et ai-je regagné d'un pas tranquille l'échelle de ma maison, ma couche, les puces ?

J'ai rêvé de ma mère. Elle était jeune et me montrait quelque chose que je n'arrivais pas à identifier. « Qu'est-ce ? » lui demandais-je en vain. Le matin je suis retourné à la source. En revenant, j'ai croisé la femme avec son bébé qui était moins fiévreux. Je me suis assis sur le tronc d'arbre. L'homme qui l'avait frappée s'est approché avec un sourire douteux. Il a demandé à voir mon sac qui ne contenait que quelques médicaments, un carnet, un stylo, une chemise et un dernier paquet de biscuits. Il a tiré sur la ficelle à laquelle était accroché mon couteau suisse dans la poche de mon pantalon. Il a voulu le prendre. Je l'en ai empêché. Il s'est montré menaçant. Des villageois sont venus vers nous. L'un d'eux lui a fait signe de s'en aller. Il est parti. Les enfants sont restés. Je leur ai donné les derniers biscuits. Je leur ai montré la photo de mes quatre enfants. J'ai deviné une de leurs questions. J'ai sorti la photo de Claire-Obscure. Un enfant a fait un signe graveleux. Je me suis fâché. On s'est réconcilié quand j'ai fait la démonstration des multiples fonctions de ma montre : réveil, boussole, altimètre, thermomètre… du « chinois » qui les a amusés. J'ai demandé au garçon le plus dégourdi de me conduire vers un pan de la montagne qui s'élevait au loin. Il a compris. Sur le chemin, il m'a pris la main. Nous sommes arrivés devant une falaise de roches sombres où, d'en bas, j'avais cru voir une grotte ; il n'y avait qu'une faille. Je me suis accroché à mon intuition. J'ai dessiné au sol une grotte, des figures d'animaux et une main. Son visage s'est éclairé. Il m'a fait escalader des roches. Au bout d'un moment le vertige l'a emporté sur ma curiosité. Nous sommes redescendus vers le village. Des femmes m'avaient préparé de la nourriture accompagnée d'une décoction amère. Elles ont demandé à voir les photos. Elles m'ont assailli de questions auxquelles j'ai répondu au hasard en un français psalmodié qui les a fait rire.

Je savais que le moment de partir était venu. Je leur ai montré que j'allais prendre le chemin du retour. Les enfants m'ont retenu. Je les ai repoussés, j'ai souri, j'ai essayé de leur faire comprendre que j'étais attendu ailleurs, à une distance inimaginable. Ils ont voulu me suivre. Les mères leur ont dit de me laisser. À l'orée de la forêt, je me suis retourné pour les derniers adieux. La femme au bébé était à nouveau assise comme au premier jour sur la terrasse de sa maison au-dessus des pilotis. Nos regards se sont croisés. Trois secondes, une ouverture, une chute... J'ai repris mon souffle.

La descente à travers la forêt, la rivière, le passage à gué de l'eau, Pa-am, une longue négociation pour un véhicule, le bac, Attapu, la plus salutaire des douches, un dîner de poisson, des draps.

*

Je dois me dépêcher vers la Chine. Je prends un car pour Paksé où je retrouve mon gros sac. Le village est maintenant loin dans le temps. Je saute à l'aube dans un car pour Savanakhet, à plus de deux cent cinquante kilomètres au nord, d'où part la route vers le Vietnam. La ville est un balcon au-dessus du Mékong. De l'autre côté du fleuve, la Thaïlande. Je me retrouve dans la situation inverse de Khong Chiam, sur la rive pauvre avec, en face, Mukdaham où l'on imagine les mirages nécessaires à une bonne vie : voitures, réfrigérateurs, air conditionné, télévisions, ordinateurs, téléphones portables…

Dans la soirée je me rends dans un temple bouddhique situé à côté de l'hôtel. Un moinillon assis par terre peint une balustrade avec une peinture jaune safran de la couleur de sa robe. Ses gestes sont raffinés, un rien précieux. Il se laisse admirer et joue à celui qui ne m'a pas vu. Il se lève, frou-frou de sa robe ; il disparaît dans un bâtiment de bois, revient avec un moine plus âgé qui a étudié à Vientiane et parle un peu le français. Il m'interroge sur mon voyage, puis après m'avoir dénudé (image), me propose un baci.

Le baci est un bracelet de coton blanc mis au poignet à des fins de protection. Tout être humain possède en lui trente-deux khwans (esprits), chacun étant lié à une partie de son corps : œil, nez, bouche, ventre, pied… Il arrive que l'un de ces « esprits » nous quitte et s'en aille promener. Il faut alors le rappeler et le retenir grâce à un baci. Un de mes khwans, m'affirme-t-il, est parti errer le long de la rivière. Je m'en doutais, mais lequel ? Je n'obtiens aucune précision. Au travail ! Le moine invoque les phiis en d'interminables formules. Puis il récite des sûtras bouddhiques (deux protections valent mieux qu'une). J'ânonne à mon tour quelques prières. « Voilà, me dit le bonze, votre khwan est revenu. » Je lui tends le poignet gauche qu'il entoure d'un fil tressé auquel il fait un nœud solide. « Pas l'enlever. À garder. Il tombera quand temps sera venu. Si l'enlever, vous malade. » Le regard sévère qu'il me lance tendrait à prouver qu'il a vu passer dans ma tête la tentation d'enlever le baci pour en observer les conséquences. Il n'est pas content de moi, le chanoine ! Et moi donc, croit-il que ce mauvais esprit m'agrée dans ce lieu à cette heure, avec encore des puces sous ma liquette et toutes ces montagnes à traverser ? Je baisse la tête, il joint ses mains sur mon front, récite des formules agréables à entendre, sûrement utiles à suivre, et qui m'ouvrent l'appétit.

La nuit tombée, je suis attablé devant le Mékong avec, dans mon assiette, un imposant poisson grillé, dans ma tête, des images de l'Attapu, les larmes de Mlle Pepsi, les visages de mes enfants endormis et, au loin, la route, ses promesses, ses dangers, la mise à feu de celui qui est parti de la station Pyramides. « L'homme en tout et partout, n'est que rapiècement et bigarrures » *Essais* (II, 20).

Du vieil hôtel d'où je regardais couler le Mékong, je gagne à pied la gare des cars avant le lever du jour. Elle est beaucoup plus éloignée qu'on ne me l'avait dit. Le sac pèse sur mes muscles fatigués. Enfin, j'entends un tuc-tuc dans la ville endormie, mais il est déjà couvert de ces drôles d'« animaux métaphysiques » que nous sommes. Animaux généreux, parfois, car on me prend debout sur une barre de fer du châssis. Crac ! La chaîne saute, on la remet en place, on me dit de rester. Re crac ! Je termine à pied, je remonte ma mécanique avec un café corsé, je trouve une place dans le car pour le Vietnam. La route est convenable à cela près que, sans crier gare, le car la quitte pour des chemins creux quand elle est coupée par de vilaines machines chargées de l'élargir. Encore une fois, je constate, comme dans l'Attapu, que le réel de ces pays est écrit en encre sympathique. Aussitôt apparu, il s'efface pour laisser place aux pelleteuses. Seule la mémoire pourra garder les images d'un pays encore relié à l'Antiquité, et qui court derrière nous, dans l'ignorance de notre essoufflement. Mais la mémoire, elle aussi, écrit parfois en encre sympathique. Devenir un bon limier quand les images seront cachées dans l'inconscient…

Le car est bondé, les cahots nous font sauter comme des crevettes jetées vivantes dans une poêle, mais on rit, et si l'on est projeté dans des bras voisins, on se congratule sous le regard indifférent des poules. Dans un bourg, il faut réparer le moteur. On signale une heure d'attente. Je confie mon sac et vais me promener. Je sais d'expérience qu'on n'oubliera pas le seul étranger. Je longe une rivière nauséabonde derrière laquelle s'étend un quartier de taudis. Ruelles couvertes de détritus, bâtisses avec des toits de tôle rouillée, ni portes ni fenêtres, seulement des bouts de cartons qui ont enveloppé des mirages. Des planches enjambent la rivière-égout. Une fille à moto vêtue d'un jean emprunte un de ces ponts. Elle regagne sa tanière (qu'a-t-elle fait la nuit dernière ?) où l'attend une femme accroupie qui récure une casserole. J'entends des voix fortes. Des garçons nus jouent dans l'eau noirâtre.

Le car reprend la route vers l'est. Nous avons quitté la plaine. Autour de nous s'élèvent les montagnes qui servent de limite actuelle entre le « bouddhisme des Anciens », théravâda, et celui du « grand véhicule », mahâyana, dont les clivages culturels l'emportent sur les divergences des chemins vers l'Éveil.

Depuis Sarnath, je suis une voie qui s'étire jusqu'à Kyôto. Que trace-t-elle en moi ? Bang ! Avant un pont en réfection, le car a brusquement bifurqué vers la rivière qu'il faudra passer sur des planches. Je me suis cogné à la tôle du toit alors que les Laotiens ont su se retenir à temps. On rit, on me tend une banane. Drôle de baume ! On descend pour traverser la rivière à pied, on repart sur l'asphalte vers l'Annam.

[illegible]

Le car reprend la route vers l'est. Nous avons quitté la pluie. Autour de nous s'élèvent [illegible] montagnes qui [illegible] [illegible] celui du grand [illegible] [illegible] sur les divergences des chemins vers l'éveil.

Depuis Sendai, je suis une route qui s'étire jusqu'à Kyoto. Que trace-t-elle en moi ? [illegible] [illegible] sur des [illegible] tout alors que les [illegible] ont su se [illegible] temps. [illegible] On descend pour traverser la rivière à pied, on repart sur l'asphalte vers [illegible]

4

TONKIN

Si tu traces une route, attention,
tu auras du mal à revenir à l'étendue.

HENRI MICHAUX
Poteaux d'angle

Après huit ou neuf heures de route et une ascension victorieuse, nous arrivons en début d'après-midi au cœur des montagnes où s'étire la frontière entre la République démocratique populaire lao et la République socialiste du Vietnam. Elle se passe à pied. J'avance d'un pas de sénateur de la République romaine quand je suis assailli par des Vietnamiennes, au visage recouvert d'un masque, qui veulent me faire changer de l'argent. Leurs cris sont à la mesure de mon refus. Heureusement, voici le dernier poste du Laos où l'on attend longtemps un tampon mis à toute vitesse de travers. Marche, frontière du Vietnam, attente, tampon et puis… déréliction ! Pas un voyageur, pas une gargote, pas un car. La première bourgade du Vietnam, Lao Bao, est située à quelques kilomètres. Pas le choix : je me fais arnaquer par un motard. À Lao Bao, ni car ni sourires. Nouvelle arnaque pour avoir une place dans une estafette bourrée qui descend vers la côte de la mer de Chine méridionale.

Une furie masquée s'assied à côté du conducteur, l'invective et l'oblige à foncer sur cette route en lacets. Arrêt brusque sur une plate-forme. La harengère sort de sous les sièges des cigarettes et des paquets douteux. Elle en bourre les poches intérieures de sa large veste, puis elle distribue le reste aux passagers afin qu'ils les cachent sur eux-mêmes ou dans le fond de leurs sacs. Je refuse. Le chauffeur me fait signe de sortir. Je constate qu'il est facile de « glisser » sur un rocher de ce lieu escarpé. J'accepte de mettre dans mon sac à dos une cartouche de cigarettes après en avoir vérifié le contenu. Une vingtaine de kilomètres plus loin, nous devons nous arrêter devant un bâtiment massif gardé par des soldats. C'est la douane des marchandises. La femme enlève son masque et devient tout miel. Elle répond aux questions d'une voix douce. Le soldat inspecte le dessus de son sac et du mien. Il feuillette avec étonnement mes compagnons de papier : étude des caractères chinois, le *Si Yeou-ki*, les *Essais*... La collerette de Montaigne sur la couverture lui fait pousser des cris de jubilation. Je lui dis, de la main, que c'était il y a très très longtemps. Il a du mal à s'en arracher pour tâter mollement les sièges. Il reprend le livre, hausse les épaules et nous fait signe de partir.

La harpie recommence ses éructations. On peut imaginer que le monde ne tourne pas selon ses désirs, malgré le succès de la frontière. La voiture vire brusquement à droite et entre dans la cour d'une maison où nous attend un jeune homme. La virago ouvre sa veste, livre son chargement et nous invite à faire de même. Je demande cinq dollars pour mes services. La perruche qui n'entend point mon humour verse mon sac dans la voiture et reprend son bien. Voici Montaigne écorné après nous avoir sauvés. Nous repartons, arrivons près de la côte à Dong Ha, sur la ligne du Saigon-Hanoï, objet de mon désir. Les autres passagers descendent, l'un ici, l'autre là, tandis que je constate que l'estafette s'éloigne du centre-ville et se dirige vers des lieux de plus en plus douteux. Je me fâche, je veux être déposé à la gare, *ga* (le mot vient du français), y retrouver le train, la « voiture feu », *ye hoa*. La greluche éructe. La voiture file. Un bouchon me sauve, je m'échappe couvert d'invectives.

Je reprends une marche lente sous le poids de mon sac. *Ga, ga*, demandé-je avec un air braque. Quand j'y arrive une heure plus tard, j'oublie de remercier le ciel. La question est de se décider entre Hué, vers le sud, « à ne pas manquer » quand on est un voyageur qui aime s'imprégner des cavalcades de l'Histoire, de la théurgie des ruines, du souffle des empires, etc., et Hanoï, à une nuit de train au nord, d'où part une « voiture feu » vers le Pays du Milieu. L'hésitation provient de ma fatigue et du retard pris dans l'Attapu. N'ayant pas réglé les questions des territoires entre le hasard et le destin, je me livre au premier pour faire la nique au second (on peut contester...). Pile. Ce sera donc Hanoï.

Avec la nuit, un train bondé entre dans la *ga* de Dong Ha. Je trouve une demi-place pour une demi-fesse sur une banquette en bois parmi un peuple aux visages durs et de la musique rock. Au bout d'une heure, je fais comprendre à une contrôleuse que je suis prêt à payer pour avoir une couchette. Elle s'en va, revient, me conduit à travers tout le train dans une voiture propre où je trouve de quoi dormir, sa couchette probablement. Elle caresse mes dollars avec un air qui fait mal.

Je choisis un hôtel convenable dans la vieille ville de Hanoï transformée en parc d'attractions pour touristes ravis de retrouver un parfum colonial en se prélassant dans des pousse-pousse tirés par des néo-Tonkinois déguisés en paléo-Tonkinois. Le train direct pour Nanning (province du Guanxi) n'est que dans quatre jours. Aucune envie d'attendre, aucune envie d'aller voir la baie d'Along avec des troupeaux piailleurs. Je prendrai dans deux jours un train pour Lang Don, dernière ville tonquinoise dans les montagnes.

Je vais visiter le « Temple de la littérature », nom donné à un temple dédié à Confucius pour qui, on le sait, les « lettres » étaient une voie d'accomplissement. Mais ses « lettres » ne sont pas les nôtres, et c'est une des raisons qui me redonnent de l'appétit. Les deux cent trente salles du temple sont situées dans un espace boisé, un havre dans le brouhaha hanoïen. On progresse de porte en porte, spécialité chinoise. L'une nommée « Magnificence des lettres » fait face à « Cristallisation des lettres ». Je comprends sûrement de travers en me disant qu'un vers de Virgile permet, même dans l'oubli, de mieux goûter l'ombre d'un palétuvier. Arrivé au centre, un vaste bassin entoure les bâtiments principaux : temples, bibliothèque, salles de conférences, dortoirs. Les toits sont relevés en leurs extrémités par des queues de chats interrogatifs dans ce lieu où, malgré l'enseignement « socratique » de Confucius, les certitudes et l'ordre l'emportaient sur le questionnement qui, jusqu'à nouvel ordre, reste la noblesse de l'intelligence. Je m'assieds, je regarde les fleurs et les enfants, je me promène, je recopie le texte d'une stèle qui daterait de 1442. Penser à l'envoyer à… et à… (la liste est longue) :

« L'homme de talent et de vertu est l'âme d'un pays. La prospérité et la puissance du pays dépendent de cette forte vitalité. À l'inverse, elles seront en décadence si celle-ci est faible. C'est pourquoi, afin de renforcer cette vitalité, tout Saint Empereur ou Roi éclairé a pris la tâche de former des hommes de talent et de sélectionner des élites comme sa tâche la plus importante. »

Ce premier temple confucéen quand on vient de l'ouest est le signe d'un limes étanche qui sépare l'Asie indianisée de l'Asie sinisée. Ne pas oublier un autre limes, qui reste solide, entre la chrétienté de Rome et celle de Byzance, qui avaient pourtant puisé aux mêmes sources. Ici, l'enseignement de Gautama a sereinement enjambé cette frontière, mais il est évident qu'au cours du voyage la *mâyâ* s'est cognée à la prégnance du réel. Reste le papillon de Tchouang-tseu, son irréalité troublante. N'est-il pas là pour faire tomber les murs que nos têtes ont érigés ? Ah, pas de repos !

Je vais dîner au *Bamboo Bar.* Des Français sont attablés autour de moi. J'entends : « Maintenant que j'ai une prolongation de mon visa, il faut que je reçoive mes assédics pour faire le treck et aller voir les tribus. » Où est donc passé mon flingue ?

Dans les rues nocturnes de Hanoï, je suis abordé par un homme assez âgé au visage fin :

— Vous êtes français ?

— Et vous, perspicace.

— Je les reconnais aussitôt.

— À quoi donc ?

— À leur air de dire : moi, je sais.

— Raté ! Si vous saviez comme on tâtonne dans ma tête.

— Hi ! Hi ! C'est vous qui le dites. Accepteriez-vous que nous prenions un verre ? Un de mes derniers plaisirs est de parler votre langue.

Il me conduit au premier étage d'une maison avec des meubles laqués et des tapisseries de soie. Une femme en robe jaune fendue aux mollets nous sert une fiasque d'alcool avec des gestes de félin. Mon compagnon me dit qu'il nous a donné une bonne raclée à Diên Biên Phu avant d'avoir à combattre les Américains. Il boit, il soupire :

— Comme elle est drôle l'horloge. À l'école, vous nous faisiez lire Voltaire et Malraux. C'est en pensant à eux que nous vous avons combattus. Ne seriez-vous point un peu fêlé, mon prince ?

— Décalage. La vie pratique les décalages. Passons... Mais, dites-moi, maintenant que votre glorieuse Révolution l'a emporté, êtes-vous satisfait du résultat ? Américanisation galopante, mirage de la consommation. Que vous murmurent les morts dans vos nuits ?

— Confidence : de l'autre côté, les perspectives changent.

— Parfait ! On peut ainsi tout justifier.

— Savez-vous qui nous sommes ? Nous n'allons pas accepter longtemps un modèle pourri de l'intérieur. Approchez-vous. Écoutez ! Vous n'en avez pas fini avec les défaites. Je vous annonce une débandade é-pous-tou-flante.

— Vous avez été membre du Parti ?

— Chut !

— Je vois. On comprend que les caisses de l'espérance soient vides. L'oncle Sam arrive les mains dans les poches en chantant du rock.

— On lui coupera les mains.

— C'est le rêve des Chinois. Mais ils viendront d'abord vous donner une leçon.

Il boit avec un bruit de bouche qui ne serait guère canonique dans nos salons. Je bois avec distance. Il est probable que les dieux ne font pas la différence. J'observe que des hommes disparaissent avec des femmes derrière une tenture dans le fond de la salle. Si nous sommes dans un claque, j'ai oublié de décorer M. Hi-Hi pour la qualité de ses engagements politiques. Nous vidons la bouteille. Je reprends :

— Vous semblez ne plus croire en la Révolution. Vous rejetez notre modèle, toutes mes félicitations. Sur quelles valeurs allez-vous bâtir les aubes glorieuses ? Si c'est un retour à la tradition, je prends. Mais il faudra alors reconnaître que le chemin aura été jonché de cadavres… ébahis. L'adjectif vous plaît ?

— Nous allons continuer à boire pour nous donner du cœur au ventre.

Hi-Hi claque des doigts, la femme en robe du soir nous apporte une nouvelle bouteille. Il me regarde en riant.

— Elle vous plaît ? Je peux arranger une babagatelle pour cette nuit si vous voulez.

— Entremetteur ? Après la poudre et le sang, la chute n'est-elle pas cruelle ?

— Aimer, mon prince, n'est pas déchoir. Tous les Français que j'ai connus ont subi le sortilège de l'Asie. Nos femmes : des portes vers les jardins de la... délectation !

Il savoure le mot, je reste calme, il reprend :

— J'ai connu une femme de chez vous. Elle n'arrêtait pas de parler. Il fallait qu'elle mît des mots sur tout. Galère ! Elle ne m'a pas procuré le sentiment de la na-nature. Ici les femmes sont un morceau du ciel.

— Pas mal pour un ancien marxiste.

— Hi ! Hi ! J'ai au moins appris la dialectique. Il nous faut encore de l'alcool de riz.

— Pour moi, c'est assez.

La femme en jaune revient avec une bouteille. Il lui parle à voix basse. Elle s'éloigne en flottant sur le sol, fleur de lotus.

— J'ai obtenu un bon prix, dit Hi-Hi. Buvez encore. Vous savourerez dans son corps l'essence de la vie. Elle vous fera découvrir des choses que vous ne co-co...

— C'est non ! L'amour ne s'achète pas.

— Que vous dites ! Monsieur serait-il naïf ? Allons, ne faites pas cette tête ! Terminez ce verre que vous regardez avec concu-piscence. Vous savez, la beauté n'est pas une idée. Elle se goûte, se respire, se caresse...

— Arrêtez !

— Cette réaction, quel aveu, mon prince !

Il boit, appelle un garçon auquel il semble expliquer mon stupide refus tandis que je garde la dignité d'un prélat.

— Vous regretterez votre nuit d'am-d'amour.

— Vous n'êtes pas moi !

— Qui… qui sait ?

Le visage de Hi-Hi se crispe. Il essuie une larme. Je pose la main sur son épaule.

— Chagrin d'amour ?

— Vous pou-pouvez pas mieux dire.

— Il y a longtemps ?

— Cinquante ans.

— C'était l'époque où vous nous encercliez à D-D- Dien…

— C'est cela même ! Je vous ai tués, et je vous aimais.

— Il paraît que c'est courant.

— Ne plaisantez pas ! Nous avions un prisonnier qui vous ressemblait. Pour le faire parler, j'ai dû-dû-dû…

— Passons ! dis-je en éloignant la bouteille qu'il tentait d'attraper.

— Je suis dé-désolé.

— C'est loin.

— Non ! Non ! Je parle de maintenant. Je suis désolé que vous soyez f-foutu, mon prince.

— De quoi parlez-vous ?

— De la F-France, de V-Victor Hugo, de C-Corneille, de M-Malraux… de l'épo-po-pée. Écoutez-m-moi :

« Où s'arrêtera-t-il, le puissant réfractaire ?

Jusqu'à quelle distance ira-t-il de la terre ?
Jusqu'à quelle distance ira-t-il du d-d-destin ?
L'âpre... l'âpre... l'âpre quoi ?... Ah voici : Fatalité...
L'âpre fatalité se perd... rintintin ;
Toute l'antique histoire affreuse et déflorée... (Tiens ? elle est déflorée ?)
Sur l'horizon nouveau fuit comme... comme... il me faut du é, vite !... comme une poupée. »

Le père Hu-Hugo, dit-il après avoir essuyé des larmes.

Je règle l'addition, assez salée, comme si j'avais pratiqué les dessous de la tunique jaune. Nous sortons en nous tenant. Je hèle un de ces pousse-pousse tiré par un Vietnamien d'opérette.

— On n'en a pas fini avec les con...

— Mort aux cons ! crie-t-il collé contre moi.

— Je parlais des con... tradictions.

— Hi ! Hi ! Elles vous démangent, pas moi. Vous savez, je vois à travers vous.

— Ah ?

— Vous regrettez de ne pas vous être laissé aller aux dédélices...

— Il n'y aurait eu ensuite que de la nostalgie.

— Qui... qui chez vous a écrit : « L'œuvre d'art prend sa source dans la nostalgie » ?

— M-moi, peut-être ?

— Vous ba-badinez, mon prince.

Nous arrivons devant mon hôtel. Je demande au pousse-pousse de raccompagner Hi-Hi chez lui. Il s'accroche à mes mains.

— Je… je…

— Moi aussi, je… je…

Le pousse-pousse s'éloigne. Hi-Hi ne se retourne pas. J'ai du mal avec la clé de ma chambre.

Le 10 mars, à 5 h 50, le train quitte la gare de Hanoï dans la direction de Lang Son, situé avant la frontière chinoise que je devrai passer à pied pour compléter ma collection. Pendant la traversée de la plaine, le paysage n'arrive pas à retenir l'attention. Alors que la « voiture feu » attaque la montagne, la nature enfin s'anime : bambous, eucalyptus, agaves, bananiers et rizières sèches sur des terrasses. Puis la ligne longe un chantier où des pelleteuses transforment une modeste route en voie express.

Les Vietnamiens savent-ils que cette percée à travers des montagnes qui se resserrent permettra aux Chinois de pénétrer facilement dans leur ancienne colonie qui les avait humiliés en 1979 ? La « fin de l'histoire » est une farce d'hurluberneurs. De même, ne pas écouter les bobards sur la liberté de la part de ceux qui inventent des désirs afin de dominer les esprits.

À l'approche de Lang Son, alors qu'apparaissent les cônes rocheux dont les peintres chinois sont friands, il ne reste que quelques passagers dans le train. Sur la place devant la gare, comme personne ne prête attention au voyageur prêt à s'élancer pour la première fois de sa vie vers la traversée de la Chine en ce début de printemps, je me sens comme irréel. Enfin, un jeune homme s'approche. « *China* », lui dis-je. Il revient avec une moto. Nous arrivons à la frontière vietnamienne. C'est l'heure du déjeuner, les guichets sont fermés, il fait chaud. J'attends longtemps les tampons, je regarde au loin les arbres, le ciel de la Chine. Je ne les vois pas, ils sont recouverts du halo d'une culture qui s'éloigne dès que la main s'approche. Dans l'exaltation de la marche entre les deux frontières, je me demande si mes pieds ne foulent pas ce « vide médian » qui est le génie de la peinture chinoise et que nos esprits ne peuvent saisir qu'après une transformation intérieure. Sur le bâtiment clinquant du poste chinois, un drapeau rouge flotte dans le ciel d'un bleu pâle. Pas de quoi être fier de vivre dans un temps où le monde s'incline devant une bannière couverte du sang des Tibétains. Puis, après le passage de cette ligne invisible qui suit des roches ornées de conifères, et qui a tant habité mon imagination, je dois mettre la culture et l'histoire au rencart. Les questions sont : changer de l'argent, déjeuner, trouver un moyen de transport pour Pingchang et, de là, pour Nanning.

5

L'EMPIRE DU MILIEU

Car encore faut-il quelque degré d'intelligence à pouvoir remarquer qu'on ignore, et faut pousser à une porte pour savoir qu'elle nous est close.

MONTAIGNE
Essais, III, 13

L'EMPIRE DU MILIEU

[illegible]

VIBRATIONS

« Tout ce qui est sous le ciel, lui dis-je. Oui, *tian xia*, ce n'est pas difficile. Allez ! » J'attends deux idéogrammes que je pourrais moi-même tracer, mais sans plaisir, alors que cette jeune main essaie de retenir un tremblement que j'apprécie. Sous la peau, on devine le dessous des veines au même moment où le pinceau tenu bien droit donne vie aux quatre traits de *ciel* suivis des trois traits *xia*, dessous. Nous y sommes ! Mlle Ling est émue d'être ainsi dans une chambre au dix-huitième étage d'une tour d'hôtel qui domine la gare de Nanning. On la comprend. Jamais au cours de sa vie d'étudiante sage, elle n'a vécu tant d'événements inattendus. Elle a osé aborder aujourd'hui dimanche un étranger dans le jardin botanique de Nanning. Elle a accepté de l'accompagner, elle est entrée pour la première fois dans un grand hôtel et la voici dans une chambre, un pinceau à la main, répondant docilement à une singulière sollicitation. Après *tian xia*, je passe commande de *zhu*, bambou, *pi*, la peau, *gong*, ensemble, puis du très élégant et très approprié *xi*, crépuscule, un morceau de lune qui se lève ; ou encore l'insaisissable *yin*, dont la stratégie liée au nuage et à l'ombre serait supérieure à celle du solaire *yang*. Le « Féminin mystérieux » « d'où sortent le Ciel et la Terre », selon le *Tao te king* de Lao-tseu, est en effet considéré comme antérieur à toute manifestation.

J'avais essayé cet après-midi, non loin d'un *angiopteris fokiensis Hierron*, de m'ouvrir à la question capitale de l'antériorité du féminin devant la charmante Ling Mei qui se promenait seulette dans le jardin botanique. L'étudiante en médecine, qui m'avait demandé en rougissant si nous pouvions parler afin d'expérimenter son anglais (américain, aurait-elle dû dire), ne connaissait rien du Tao. Je n'ignorais pas que la contemplation d'un nuage donnait sur la *Voie* un enseignement autrement plus profitable que les propos d'une étudiante du début du XXIe siècle. Des nuages en goguette, j'en avais interrogés ; des jeunes filles dans un jardin botanique de la Chine, jamais.

Elle m'avait plu par la spontanéité de ses questions, malgré une mèche teintée en orange ; elle m'avait ensuite lassé avec le médiocre récit d'un voyage dans le Sichuan, déçu par son ignorance de la culture chinoise, puis émoustillé quand elle m'avait poussé à boire une boisson au ginseng dans un pavillon de thé ; enfin, étonné par sa soumission dans ma chambre d'hôtel.

Avec quelle attention traçait-elle les signes d'une écriture sainte qui exprime les mystères de la vie sans jamais s'éloigner d'elle. Il y a de la guerre dans ce mystère. Au IVe siècle, Wang Xi Zhi voyait ainsi l'exercice de la main : « La feuille de papier est le champ de bataille ; le pinceau, les lances et les épées ; l'encre, l'esprit, le commandant en chef ; l'habileté, l'adresse, les lieutenants ; la composition, la stratégie. En saisissant le pinceau, on décide du destin de la bataille. Les coups et les traits sont les ordres des commandants ; les courbes et les traits rentrants, les coups mortels. » *Stratégie calligraphique de la dame Wei.*

Maintenant que l'épreuve imposée à Mlle Ling est terminée, nous sommes côte à côte devant la baie vitrée qui domine la gare de Nanning. Impossible de deviner les pensées qui traversent sa petite personne intimidée. Chez moi cette pensée : le monde est un *grand sympathique*, un système qui nous englobe et qui régit tous les aspects de la vie. Se libérer, c'est s'ouvrir. Je lui répète *tian*, le Ciel, en pensant à une respiration cosmique dont nous sommes un lointain écho, tandis que des trains partent dans la nuit pour Chengdu ou Shanghai.

— On annonce de la pluie pour demain, me répond-elle.

— Je vois… Bon, je vous raccompagne !

— Je puis rentrer seule, dit-elle en enfournant un chewing-gum.

— Je n'abandonne jamais une jeune fille dans la nuit, qu'elle soit de Perse, de Paname ou de la Chine.

NUAGES

Peinture et écriture entretiennent en Chine un même rapport au réel. Elles le recomposent en créant des correspondances. Pas d'idéalisme. Du concret.

À Yangshuo, j'ai profité d'une éclaircie pour m'élancer à bicyclette dans la campagne. Les montagnes coniques, les pins tordus à queues de dragons, les bambous sombres ou pâles, les étendues d'eau, les rochers… sont ceux-là même peints par Shitao, le très libre moine chan (zen) des *Propos sur la peinture du moine citrouille-amère*. Deux sources d'étonnement depuis mon arrivée en Chine : les avenues flamboyantes de Nanning remplies d'une jeunesse accrochée aux téléphones portables, filles aux cheveux teints, *golden boys* pressés, immeubles de verre, bref, être en Chine et avoir l'impression d'un déjà-vu à Séoul ou Tôkyô. En revanche, ici, dans cette nature réputée au nord-est du Guangxi, j'ai le plaisir de circuler parmi les paysages des peintres, les plans soulignés par un seul trait dans la brume. L'art consiste en Chine à mettre du souffle entre les éléments.

« Tu m'étonnes », dit-on à l'ami qui ne correspond plus à l'idée qu'on se faisait de lui. « Je m'étonne », me dis-je ce matin en comprenant que pour les Chinois les montagnes sont des montagnes, les arbres, des arbres. Pas de symboles, des signes. Commencer par l'écriture.

J'arrive au pied d'un de ces cônes rocailleux où s'accrochent des pins obliques. D'en bas, la masse est un gros doigt qui montre le ciel. La pluie recommence à tomber. Je prends refuge chez un paysan. Impossible d'échanger quoi que ce soit avec lui, ni avec des mots ni avec des gestes, comme je le ferais dans les campagnes de l'Inde ou du Kamtchatka.

J'invente une fiction. Le paysan qui me regarde tandis que la pluie tambourine est un de ces sages comme les peintures en représentent, silhouettes méditatives qui nous permettent de voir la montagne et l'eau à travers leur regard. J'entre dans la peinture. Je rejoins le sage assis sur une terrasse à mi-pente. Je demande :

— Ne sommes-nous pas semblables à ces nuages qui se font et se défont ?

— *On parle, on parle, on suppute à l'infini*
Mieux vaut garder le Centre.
— Où, le Centre ?
— *La Voie qu'on peut énoncer*
N'est déjà plus la Voie
Et les noms qu'on peut nommer
Ne sont déjà plus le Nom.
— Comment empêcher les mots de troubler le regard ?
— *La parole authentique*
N'est pas séduisante
La parole séduisante
N'est pas authentique.
— Que reste-t-il ?
— *Conscience de blanc contenance de noir.*

Une éclaircie me permet de prendre congé du paysan. Je m'incline avec cérémonie ; il en est gêné car il ne connaît pas les règles de conduite devant un étranger. Je sens que je pourrais lui faire perdre la face, un crime ici.

Ayant loué une chambre dépourvue de chauffage, je vais réchauffer ma carcasse d'*homo europaeanus* devant le brasero d'un café tenu par un sympathique garçon amateur de Tintin. Afin d'éviter un rhume, je me retourne vers le soleil d'hier pendant le trajet en car entre Nanning et Guilin. La nature avait une allure d'authenticité, autrement dit : correspondait, avec buffles, rizières, bambous et rochers, aux images rassurantes des stéréotypes. Ce n'était qu'une parenthèse. De Guilin, j'ai piqué vers Yangshuo, une petite cité qui a gardé un cachet ancien dévoyé par la reconstitution artificielle d'une Chine de carte postale que l'histoire a jetée aux orties. La Chine est une école de deuil. On ne trouve pas ce qui est attendu. Trouver devrait être suffisant. Mais je n'arrive pas à voir des pétales de ciel dans les giclées d'eau qui frappent les vitres du café. *Ô Inde... !* Les braises rouges du brasero sont le bûcher du temps passé.

Nouvelle sortie dans la campagne. Si le génie de la Chine provient du rythme de la nature, saisons et combinaisons, me voici au cœur de l'ouvrage. Pluie, vent, rochers, pins, terrasses respirent et s'entrecroisent. Tissage. On nomme ici *yin* et *yang* ce ballet qui a pour origine la création, et qui s'exprime dans la nourriture, les sentiments, le sexe. Cette combinatoire que je trouvais complexe à l'heure des spéculations en chambre m'apparaît, ici et maintenant, aussi simple que semer. Il ne s'agit pas de comprendre, il s'agit de surprendre. Regardons. Respirons.

L'eau s'est infiltrée dans tout mon corps. Avoir froid devant des bananiers est une expérience inédite. Je reviens contre le brasero de tintinophile qui rêve de venir vivre en Europe au château de Moulinsart.

Retour à Guilin qui a le mérite d'avoir une gare, une demeure princière, une grotte aux

Mille Bouddhas, des jardins et de jolies filles. L'hôtel est situé dans une rue à l'ancienne, « chinoise » avec modération, contrairement à Yangshuo qui a attrapé le virus du faux authentique, une épidémie qu'il faudrait traiter en allant dans son sens, par la multiplication de parcs d'attractions avec pagodes et manoirs, grottes sacrées et frites huileuses, danses de Sioux, Tao à gogo, crocodiles en carton, geishas du Texas... Quelques asociaux iront écouter le gazouillis d'un ru dans un bocage.

Le soleil est revenu. Je vais m'asseoir dans une des grottes aux Mille Bouddhas. Elles dominent la Li Jiang. Il semblerait que le reflet des nuages sur l'eau exprime un mariage réussi. Il est agréable de vivre le va-et-vient entre le mouvement du temps et les figures hiératiques des Bouddhas sculptés sur la paroi des grottes.

L'engouement de l'Occident pour le bouddhisme est à prendre avec des pincettes. Nietzsche — qui ne connaissait pas mieux le bouddhisme que Schopenhauer, mais possédait le génie de voir venir — avait prophétisé son développement en Europe. Il y décelait le signe d'une fuite, à l'heure où l'Histoire se retirait. C'est une hypothèse. On peut plutôt penser que le phénomène est lié au besoin où nous sommes de vivre une spiritualité en-dehors de toute croyance en un Dieu créateur. Très bien. Mais, parce que cela nous arrange, on laisse de côté le samsâra, qui implique une tout autre conception du moi que celle héritée des Grecs et des Hébreux.

Poussé par un rêve spatial, le roi Alexandre de Macédoine s'était élancé jusqu'aux rives de l'Indus. Sur ses traces, il laissa des villes et des rois. L'un deux régna vers le milieu du IIe siècle avant J.-C. sur les contreforts nord-ouest de l'Inde. Roi indo-grec, il est nommé Milinda ou Ménandre selon l'éclaïrage. Des Grecs, il avait gardé le goût du doute et des questions. Le *Milinda Pañha* (ou *Questions du roi Ménandre)* expose ses dialogues avec des moines bouddhistes qu'il traite d'abord avec mépris : « Vraiment, l'Inde est vide ! Vraiment, l'Inde est de la balle de grain ! Il n'existe ni ascète ni savant qui soit de taille à s'entretenir avec moi et à dissiper mes doutes. » Le moine Nâgasena n'est pas ébranlé par les royales invectives. Avec calme et rigueur, il répond aux contestations de Ménandre (le texte, en pâli, est écrit par des bouddhistes). Devant une nombreuse assemblée, le moine affirme que Nâgasena n'est qu'un nom et qu'« aucune personne ne s'y trouve ». La négation de la réalité du moi n'est pas acceptable pour un cerveau qui a gardé souvenir des enseignements prodigués sous l'égide du très personnel Zeus. « Écoutez-moi, vous les cinq cents Yonaka, vous les quatre-vingt mille moines ! dit le roi Ménandre, ce Nâgasena affirme : "Aucune personne ne s'y trouve !" Convient-il d'accepter cela ? »

Il l'acceptera et avalera même d'autres couleuvres, mais de plus petite facture, car l'essentiel est posé : la négation de l'atman (le moi).

Dans une autre partie du texte, qui serait un ajout tardif et que les Chinois n'ont pas traduite, le vénérable Nâgasena énumère toutes les qualités qu'un moine doit posséder : celle de l'eau comme celle du bambou, de la citrouille, du vent, du scorpion, du lion, de l'araignée, des chemins, de l'arbre, du parasol, de l'arche... Bref, un catalogue puisé dans le monde phénoménal qui, par ailleurs, n'est qu'une illusion perçue par un moi dépourvu de substance... On comprend que sur les bords de la Seine ou de l'Hudson, on arrange les plats selon une autre manière. Comment admettre le samsâra, nous qui croyons en l'unicité de l'individu, comment vivre la vacuité *(shûnyatâ)*, nous qui n'avons laissé aucun espace entre l'être et le néant ?

Pour moi, sur les bords de la Li Jiang, après avoir remercié la générosité des camélias, j'observe les lavandières qui s'apprêtent à rentrer avec la certitude de la nuit. L'une d'elle me dévisage. Qui est cet étranger assis en lotus à côté d'un Bouddha de pierre ? Est-ce donc *moi ?*

Dîner dans une salle comble, enfumée et bruyante. Enfants indisciplinés, adultes crieurs et buveurs, excellente cuisine. Au moment où, ravi de cette authenticité pas chichi du tout, je m'apprête à attaquer un poulet aux champignons, la foule se tait avec l'apparition de M. George W. Bush dans une lucarne érigée en bonne place. Doublé en chinois, il justifie l'entrée en force des envoyés du Nouveau Monde à l'assaut de la Mésopotamie. Ma grimace me rapproche d'un autre dîneur solitaire avec qui il m'est facile de partager l'analyse qu'il y a dans cette intrusion la bêtise et la brutalité de l'inculture. Mais nous nous accrochons quand j'aborde la question du Tibet. Zhou Hui ne veut rien entendre de ma révolte, m'assène les sinistres litanies de la propagande. Peut-il être sincère ? Devant Ménandre, le moine Nâgasena avait développé une idée chère au bouddhisme, et qui n'entre pas dans nos conceptions modernes : une faute faite inconsciemment est plus grave qu'une faute accomplie en connaissance de cause, de même que le feu ou le poison sont plus nocifs si on ignore leurs effets. C'est placer la responsabilité en dehors de l'intention. Le mal n'est pas subjectif, il existe par lui-même. Zhou Hui me supplie de ne plus prononcer le nom du Dalaï-lama. « Vous avez beau jeu de critiquer Bush ! » Il dévie la conversation avec un art millénaire de l'esquive. Il m'apprend qu'il enseigne la peinture et qu'il est lui-même peintre. J'accepte de l'accompagner chez lui pour prendre connaissance de son travail.

Je reste perplexe devant les œuvres du professeur trop volubile qui, comme tant d'autres hors de l'Occident, a du mal à se retrouver entre la tradition qui l'a façonné et sa recherche artificielle d'une « modernité » qui lui échappe. Alors que je m'apprête à regagner mon hôtel, il me propose de m'offrir une calligraphie qu'il accomplira devant moi. Il se penche sur le papier et, de son pinceau imbibé d'encre noire, trace dans l'air des signes. Cherche-t-il ainsi le geste juste ? Il continue, se montre satisfait, me tend une feuille restée vierge. Je la sens pleine d'une présence d'autant plus prégnante qu'elle est mouvante comme le reflet des nuages sur la Li Jiang. Merci !

Dans la nuit de Guilin, les idéogrammes de la lune sont les reflets d'une réalité changeante.

Maintenant, quelle route ? Dans mon projet de traverser la Chine, mon souhait était de laisser à mes intuitions et impulsions le soin de choisir un itinéraire jusqu'à un port où trouver un bateau pour le Japon. Je ne me suis imposé qu'une seule règle : ne jamais solliciter l'aide d'une agence de voyages et n'avoir sur moi aucune adresse de personnes susceptibles de m'aider. Orgueil ? Traverser de part en part la Chine en ignorant sa langue est aussi une manière de pratiquer un art du voyage qui n'aura bientôt plus cours. Qu'en pensent les dieux ? Si le Temple du ciel de Pékin semblait un centre inévitable, on pouvait être appelé par Hongkong et Macao, dans les gorges du fleuve Jaune, sur les sommets de Huang shan, ou se trouver en extase benoîte devant les déroutantes fresques bouddhiques des grottes de Dun Huang (d'une étonnante « modernité », selon le sottisier de nos contemporains).

Deux événements vont décider. Ni à Nanning ni ici à Guilin, je n'ai pu obtenir des informations sur les bateaux pour le Japon. La raison m'incite à me diriger vers le port de Shanghai sans trop tarder afin de réserver une place en cette période de migrations. D'autre part, des bruits circulent sur l'existence dans le sud de la Chine, particulièrement à Hongkong et à Canton, d'une épidémie de « pneumonie atypique » qui me pousse également vers Shanghai, préservée du virus, dit-on.

Donc, le lendemain du retour à Guilin, je me rends à la gare. J'ai appris qu'un train, qui serait le N150, pourrait gagner Shanghai en vingt-six heures et demie, une paille à côté du *Ganga-Kaveri Express* qui est, selon une relativité atypique, plus loin dans le temps que dans l'espace. Il faut être un « barbare » à la recherche d'un billet dans une gare chinoise en ce début de siècle (cela va changer) pour découvrir une nouvelle caractéristique du noir. Précisons, à la décharge des préposés qui s'acharnent à me renvoyer d'un guichet à un autre après de longues attentes dans des files indisciplinées, que je souhaite une couchette en classe populaire, et le plus vite possible à cause de la pneumonie qui cavalcade dans les plaines fertiles du sud de la Chine. « Soyez zen ! » dit-on maintenant dans le vieux pays chrétien qui m'a vu naître. Assis de guerre lasse sur un banc au milieu de la gare comble, je traduis l'injonction par : pratiquons le *wu wei*, prétendu « non-agir » mais qui, en fait, est une manière d'agir toute chinoise, en restant dans le courant des choses. Bref, je poireaute. La méthode réussit : un étudiant avec un sourire de moine me propose son aide, il obtient un billet pour le lendemain. Je l'interroge sur la pneumonie. « Quelle pneumonie ? » Murailles de l'Empire…

J'erre dans les jardins de Guilin où le printemps explose avec une bienveillante vigueur. Des amoureux se câlinent en toute liberté.

Dans les trains chinois *sans classes*, les couchettes populaires dites « dures » sont molles, les « molles » sont luxueuses et réservées à une élite chouchoutée par des hôtesses et protégée du peuple par des gardiens. Les Chinois qui ne peuvent se payer des couchettes, ces gêneurs, qu'ils s'entassent dans des voitures combles ! Il est clair que, confrontée au réel, toute idéologie ne survit que par la trahison. Mais on ne saurait rire de la prétention de la Chine à s'être affirmée « communiste » : les famines et le sang ont vite raison de notre ironie. Et dire que certaines « belles âmes » d'un peuple qui a eu la chance de téter Montaigne et Montesquieu se sont amusées (ah ! on sait s'amuser à Paris) à se dire « maoïstes », la fine pointe de la mode !

Je fais connaissance des cinq compagnons de couchettes « dures » avec lesquels partager les paysages chinois du Guangxi, du Hunan, du Jiangxi, du Zhejiang, avant Shanghai où l'avenir joue aux dés avec les ombres. Dans notre habitacle : deux couples et une étudiante japonaise de Yokohama, qui parle chinois et anglais. Nous traversons d'agréables paysages où alternent rizières, forêts et montagnes sur lesquelles se couche le même soleil qui s'était levé pour les aubes glorieuses de la Révolution.

Remarque : la Chine urbanisée restera en contact avec la nature grâce à son écriture. Pour nous qui effaçons ce lien vital avec la terre, les arbres et les nuits, les retrouvailles avec l'« ordre des choses » passeront par d'autres voies. Le Tao bien compris — disons : avec simplicité — en est une.

Je marche dans le couloir du train alors qu'il s'enfonce dans la Chine. En Inde, j'aurais été assailli de questions, invité au partage des galettes ou de propos sur Dieu ; j'aurais pu me croire de la famille. Peut-être l'étais-je ? Ici, une distance, un silence qui suit mes pas. Je regarde les dernières traces rouges derrière les pins.

•

À la question rebattue de savoir laquelle, de la Chine ou de l'Inde, est le « tout autre » pour nous, je suspends mon jugement. Il s'agit de découvrir où se porte l'éclairage. Devant un arbre, je puis être chinois, avec un enfant je suis indien. Avec la langue, le fossé est béant entre la Chine et nous. Les règles sociales de l'Inde (castes liées à la « pureté ») nous sont imperméables. La conception du temps nous rapproche de la Chine, mais nous comprenons plus aisément la quête mystique d'un Ramana Maharshi que le génial décalage d'un Lao-tseu. Quant aux dieux, au sexe, à la mort… c'est trop pour le moment ! L'illusion est de croire que l'on peut se départir de soi devant une autre culture. Il restera toujours de l'insécable dans le fond du tamis.

L'universel n'est pas une illusion ; il est d'approche multiple. Uni à une femme, on peut imaginer avoir intégré son monde. Arrive l'aube…

Encore ceci, avant de revenir aux paysages, je pense maintenant qu'il n'y a pas de « tout autre » dans les cultures, et qu'après avoir gratté les *langages*, on se trouve devant un homme qui pète et prie, meurt et se ment, court après son ombre.

« La peau, la mort, l'éros,
l'enfant, la peur, la faim
Sont de même nature, ici, là, ou demain. »

JEAN RIGNAC

Dans la nuit, le train traverse une plaine. Des grues éclairées qui se dressent jusqu'à l'horizon nous rappellent que la Chine est le plus vaste chantier du monde et qu'un jour, déséquilibrée par cet élan trop rapide, le commerce ne suffira plus à la faire avancer. Où ira l'énergie ? Mutisme ! Ne troublons pas le sommeil de ceux qui ont remonté l'édredon sur leurs yeux.

Question à la Japonaise : comment trouvez-vous la Chine ? « Super ! » me dit-elle dans la langue de l'Empire de l'Ouest. Elle est arrivée en bateau à Shanghai, a visité le Yunnan et le sud, retourne à Shanghai. « C'est sûrement passionnant pour vous de trouver les racines de votre culture », lui dis-je. « Les racines ? Je ne comprends pas, nous sommes complètement différents. En Chine il y a des marchés, beaucoup de paysans, des villages dans les montagnes, j'ai rencontré des tribus vêtues de costumes colorés, les hôtels ne sont pas chers, la nourriture est forte, les trains sont pleins... » Passons.

Alors que nous traversons le Jiangxi réputé pour son thé et ses porcelaines, je pense à un peintre aux œuvres géniales (donc troublantes) : Bada Shanren (l'Homme des Huit Montagnes) qui naquit en 1626 à Nanchang. François Cheng préfère le nommer de son nom civil : Chu Ta. Il rappelle qu'au cours de sa vie il n'a cessé de changer de nom : « Neige à part », « Montagne individuelle », « Âne », « Robe de neige », « Bûcheron aux nuages brisés », etc. D'une ascendance aristocratique liée à la famille impériale, il a été un jeune homme gai et curieux jusqu'à la chute de la dynastie des Ming alors qu'il avait dix-huit ans. Abîme des privilèges perdus ! Cet événement le marqua à jamais. Il devint morose, cessa de parler et afficha sur sa porte l'idéogramme *muet*. Avant la trentaine, il se fit moine dans un monastère bouddhique des monts Fengxin situés au nord, derrière l'incessant travail des grues des chantiers, insectes géants dont les bras lumineux s'emparent de la terre, de la nuit et des âmes errantes. Bada Shanren devint-il « fou », comme certains l'ont dit, ou feignit-il de l'être pour cultiver sa singularité ? Il s'adonna à la calligraphie et à la peinture. Les fleurs, poissons ou arbres tracés d'un coup de pinceau nerveux et inspiré surgissent dans une nouveauté dérangeante. Les taches noires sont découpées dans une chair vive. S'il peint des nuages, il représente l'angoisse qui l'étreint ; s'il peint un poussin, il le rend léger, un ami, un secours dans la fuite. Ses corbeaux expriment sa révolte, ses fleurs de lotus sont des cœurs. Novateur, il a intégré l'incomparable jeu du Vide et du Plein de la tradition chinoise. Il se moque de nous, de lui, casse et recolle… génie du taoïsme. Souvent, les coups de pinceau rejoignent la peinture « abstraite ». Ses œuvres expriment la force d'une vie souterraine. Angoisse et amour en un même élan. Un cri dans le désert. J'existe malgré tout !

Shanghai. Pluie d'accueil sur la place de la gare. Recherche d'un hôtel qui ait du style du côté de la rivière Huangpu qui s'unit au Yang-tsé dont le destin est la mer de Chine orientale. Les hôtels sont pleins. Je marche longtemps sous la pluie tandis que les taxis refusent de prendre l'étranger trempé. Enfin, dans une avenue animée, j'arrive à retenir un taxi et à me faire conduire par des autoroutes urbaines vers un quartier plus humain où je trouve un hôtel avec un jardin. L'intendante me toise. Je m'impose. Dans le bain j'hésite à remercier le Ciel ou la Terre. Le sommeil tranche pour…

Pages suivantes : de la jubilation ! D'abord le jardin de Yu Yan de la dynastie des Ming : rochers, étangs, ponts en demi-lune, pavillons de thé, silence. On retrouve là le temps d'une Chine de carte postale avant l'arrivée des Mandchous (dynastie des Qing) qui n'éprouveront aucune peine à se faire chinois. La rupture viendra à leur chute et durera un siècle. Les règlements de compte ne sont pas terminés avec le Japon et l'Occident.

Je vais marcher dans les quartiers dits « chinois » selon un humour pervers. Ruelles, linge au vent d'une maison à l'autre, murs en brique et crépis blancs, arrière-cours aux grands-mères à l'enfant, poules, chaudrons fumants, repas partagés dans la rue… Ici aussi, la partie se termine. Ensuite, des quartiers décatis style Europe de l'Est d'après-guerre, espaces rasés qui attendent le verre et l'acier. Quartier des antiquaires, bric-à-brac de « chinoiseries », pipes d'opium, Maitreya grassouillets, figurines Tang, copies, copies... Parc Fuxing, jeunes amoureux entre baisers et téléphones portables, vieillards vêtus selon la mode de la dynastie Mao, un ivrogne, deux policiers, pas d'enfants... Ancienne concession française, maisons basques, oiseaux, avenues entourées de tours qui ont poussé la nuit.

Dans le musée de Shanghai aux Bouddha vigilants arrachés aux grottes, je m'arrête devant la *Branche de pêcher* du moine Shitao où les taches roses des corolles « s'excusent d'étaler devant nous tant de splendeur. Que sont-elles, nous dit le peintre-poète dans le coin du tableau, sinon du vent : un vent printanier soudain rendu visible ? » (François Cheng.) Plus loin, le *Roc solitaire* procure un frisson. Il s'élève dans l'herbe et se penche vers un halo clair surmonté de nuées sombres. Il est soucieux et inébranlable, traversé de traits noirs qui sont de vieilles cicatrices. Dans toutes ces peintures, les figures des dieux et des saints sont remplacées par des rocs et des pins. On y viendra un jour chez nous.

Puis le Bund aux palais de pierre de l'Europe impériale, banques pour héroïnes de Paul Morand qui interrogent : « Comment s'habille-t-on ce soir ? » Les palais ont changé de maîtres. L'Histoire fabrique des fantômes. Sur la Huangpu, lent glissement des péniches encore chargées de bois ou de charbon, navires blancs qui vont longer les côtes de la Chine ou gagner les îles du Soleil-Levant. En face, Pudong qui se rit de Chicago. Une soucoupe volante s'est amarrée sur des tubulures. La tour Jin Mao haute de quatre-vingt-huit étages est une pyramide effilée pour des pharaons impatients qui se présenteront les mains vides devant Osiris. Ce n'est plus hier, c'est demain, un nouveau mirage. Plus haut, plus haut dans le ciel ! Qui entend encore Lao-tseu dire :

« La Voie du Ciel
Ôte au riche donne au pauvre
La Voie de l'homme au contraire
Ôte au pauvre donne au riche. »

Je marche avec la même curiosité d'une scène à l'autre, je m'initie au métro, me perds avec des bus aux itinéraires improbables. J'emprunte une bicyclette, vais dîner dehors à la bonne franquette, les fesses sur un tabouret branlant. Je repars dans la nuit. Ici, des amas d'ordinateurs sont déversés en une vague suffocante, plus loin, des jardins se cachent derrière des immeubles en béton. La nuit sent le printemps qui vient d'éclore.

On pourrait se croire proche de Confucius par son humanisme *(ren)* et l'importance qu'il attache à parfaire l'homme par l'éducation. Mais son obsession des rites *(li)* ne trouve pas de place dans les mentalités modernes. Est-il bien raisonnable de juger quelqu'un sur sa manière de s'incliner ou de porter l'encens ? À travers l'exactitude et l'élégance des mouvements du corps, marques d'une maîtrise et d'une soumission, l'homme participe au bon équilibre des sociétés. Pour notre époque, ennemie en apparence des hiérarchies et du respect d'un ordre supérieur, le taoïsme propose des ouvertures plus séduisantes. Mais chacun y met ce qu'il entend, et n'y entend goutte, tant cette conception d'une combinatoire naturelle est un blanc dans notre esprit. Pour s'en approcher, on pourrait conseiller comme posologie : cultiver en son jardin cent espèces dont on observe les humeurs, vivre de ductiles nuits d'amour, pratiquer l'ascension de sept montagnes sacrées, la guerre sans combattre, la transformation d'une larme en perle, l'observation du vol de la libellule... On peut aussi lire tout le corpus taoïste. Apprécier un nuage est préférable. « Seule la main qui efface peut écrire la vérité. » Maître Eckhart.

Se sentir chez soi dans le temple du Bouddha de Jade *(Yufo Si)* n'est pas le signe que le bouddhisme serait plus proche de nos mentalités. Comme pour le reste, nous l'adaptons à nos manques. Et l'intercession d'un sage nous est plus familière que l'impersonnel Tao.

Le voyageur qui découvre la Chine est étonné par les ressemblances entre les sanctuaires confucéens, taoïstes et bouddhiques. À comparer aux différences entre synagogues, églises et mosquées de croyants qui vénèrent le même Dieu (dit-on). On ignore ici les raideurs dogmatiques et l'on met de la chorégraphie entre les différentes voies.

Certes, mais dès que le pouvoir pénètre sur la scène, on sort les couteaux, comme partout. Un seul exemple. En 819, Hai Yu présente à l'empereur Xian Zong le texte suivant : « Or ce Bouddha était un barbare incapable de se faire comprendre en chinois ; en vêtements de coupes différentes, il ne savait articuler les paroles modèles de nos anciens, ni s'habiller selon les règles de nos premiers rois. Il ignorait l'honneur qui lie les sujets au souverain, les sentiments qui attachent le fils au père. S'il vivait encore aujourd'hui et qu'il eût reçu de son pays l'ordre de venir à la cour en notre capitale, Votre Majesté aurait accepté de le recevoir en ne lui accordant qu'une audience, un banquet de bienvenue et le don gracieux d'un habit, avant de le faire raccompagner sous bonne garde à la frontière, sans lui laisser le loisir d'égarer les multitudes. »

Où l'on voit l'importance de la langue et du vêtement quand on est de Chine. Pour les vêtements et les gestes, la situation est aujourd'hui aussi catastrophique que chez les Yankees. Si l'on vient de l'Asie du Sud-Est où le peuple a des élégances de cour, on se fâche avec l'idée de progrès. Sur la question de la relation du pouvoir et de la religion, je laisse aux esprits courts le soin de voir l'origine du mal dans les religions, alors qu'il est sur la table en pleine lumière, dans le pouvoir lui-même. Yahvé, Dieu, Allah ou la dent du Bouddha ne sont que des moyens dont s'est servie (se sert) la passion de l'homme à dominer les autres. Demandons-nous pourquoi on laisse faire là-haut. Drôle de là-haut !

Par leurs genèses, épiphanies, eschatologies... les religions s'expriment avec les connaissances d'un temps qu'un autre temps défait, à moins de déblayer les décombres, travail des saints. On peut ensuite bavarder sur les peaux mortes. Préférons la marche.

Mes voisins s'étonnent de me voir assis en méditation dans le temple du Bouddha de Jade. C'est pour eux une bizarrerie qui les met mal à l'aise. C'est pour moi retrouver l'intuition du petit garçon en Corrèze qui regardait couler l'eau d'un ruisseau : tout passe, ne glorifier que la statue sous la terre. J'avais façonné une figure avec de la glaise, je l'avais laissée dans le courant.

Les moines viennent réciter des sûtras. Pour la mentalité chinoise, la Révolution est une péripétie révolue. La mutation est une seconde nature. Et les morts ? Pensons à l'avenir !

Des rires m'attirent dans la cour du temple où virevolte un dragon coloré. Sous la peau du symbole de l'empereur courent les petites jambes d'enfants qui préparent une fête. Le dragon fait des S, des O, des I, d'autres figures que j'ignore. Sa gueule lance de l'eau, un bienfait pour l'irrigation. Je retourne dans le sanctuaire où les sûtras sont restés suspendus au milieu du silence. Si, dans sa vie, Gautama le Bouddha a été lié à l'arbre, au fleuve, à la montagne (Rajghir), il a souvent été vénéré dans des grottes : Ajanta, Pakou, Dunhuang, Wuzhou shan, etc., symboles d'un féminin que le Maître avait regardé avec méfiance. La grotte éveille en nous l'Origine, elle est matrice et mémoire. Ici, la flamme des bougies grésille avant de disparaître.

La nuit est tombée sur Shanghai. Je marche avec des mots de prière, puis ils me portent. Quand j'entre dans ma chambre, je cherche à tâtons une âme sœur. Respirer ne suffit qu'aux sages. Reste à espérer des rencontres dans le sommeil.

Dans un bâtiment délabré près des rives de la Huang-pu, je finis par obtenir une place sur un bateau pour le Japon. « Pourquoi n'êtes vous pas passé par une agence ? » Aucun mot pour répéter : parce que ! Embarquement prévu le samedi saint, arrivée à Kôbe le lundi de Pâques entre ciel et eau, une trouvaille de... (encore une panne de mot !)

ÎLES

« Pou-tou est une île du grand archipel de Tchou-san, sur les côtes de la province du Tché-kiang. Plus de cinquante monastères, plus ou moins importants, et dont deux ont été fondés par des empereurs, sont disséminés sur les flancs des montagnes et dans les vallées de cette île pittoresque et enchantée, que la nature et l'art se sont plu à embellir de toutes les magnificences. On ne voit, de toutes parts, que des jardins ravissants, semés des plus belles fleurs, des grottes taillées dans la roche vive, parmi des bouquets de bambous et des touffes d'arbres aux écorces aromatiques. »

Esprit curieux, bon organisateur, cependant coincé aux articulations à cause des préjugés de son époque (dans cent cinquante ans, on rira bien de nous...), le père Huc, missionnaire lazariste, a voyagé pendant huit mois dans la Chine et au Tibet en 1846. Avec *L'Empire chinois*, publié en 1854, il livre un témoignage unique et vivant sur les mœurs chinoises de l'époque dont certains traits restent étonnamment présents. Il a été retenu par la beauté de l'île de Putuo shan, sorte de mont Athos bouddhique à une nuit de navigation de Shanghai dans l'archipel Zhoushan, qui fut un repaire de pirates avec ses 1 339 îles. Il aimait les humains, les livres, les questions, s'intéressait à toutes les activités, mais ne laissait rien atteindre sa foi exclusive. Ainsi, lorsqu'il rencontra le supérieur de l'île dans le temple principal, prit-il plaisir à l'écouter jusqu'au moment où il entendit une « déplorable conclusion » formulée par le moine : « *Pout-toun-kiao, toun-ly :* les religions sont diverses, la raison est une. »

Assis sur le quai parmi la foule chinoise, j'attends de savoir si la tempête qui s'est levée en mer permettra au bateau de partir pour Putuo shan. L'amusant dans la page blanche du voyageur, c'est qu'elle ne dépend pas des précédentes. Si le bateau ne part pas, ce sera Suzhou, pourquoi pas Hangzhou, Ningbo ou encore, d'un coup de tête (est-ce la tête ?), les villages du Wannan parmi des plantations d'un thé apprécié par les lettrés de cet empire dont la culture est inséparable de la nature, contrairement à l'Inde habitée par une métaphysique qui n'a pas de place ici.

Un haut-parleur crache une information, la foule se lève, se bouscule, l'étranger se dit : À Dieu vat ! mais ne croit pas une seconde que Dieu se mêle des flots.

Vue du fleuve, Shanghai la nuit ressemble à un chaos d'étoiles. La cabine est étouffante avec la désagréable compagnie de trois ados buveurs, fumeurs et crieurs.

Toute l'île de Putuo shan est sous la protection de Guanyin qui est la métamorphose féminine du très vénéré bodhisattva de la compassion Avalokiteshvara (qui a changé de sexe en pérégrinant). Il manquait une figure féminine au bouddhisme. On prend un homme, on lui coupe les roubignoles, on lui adjoint des tétons. De quoi faire couler de l'encre rose... Mais il y a là un besoin naturel. N'a-t-on pas chez nous introduit peu à peu le culte de la Vierge, « mère de Dieu » ? L'islam ne souffre-t-il pas de ce manque ?

Dans l'île effectivement « enchantée », des pèlerins, surtout des femmes, montent à genoux l'escalier qui conduit à un sanctuaire en hauteur. Pendant un moment, je marche au rythme d'une très gracieuse, très concentrée et très contemporaine jeune fille qui avance debout, s'arrête toutes les trois marches, s'incline les mains jointes, repart. Je me pose sur son ombre ; elle ne sent rien ; je m'en lasse. J'emprunte des sentiers de traverse qui attaquent des sommets ou descendent vers la mer sous un soleil généreux et des étendues de fleurs jaunes qui font danser des papillons, idéogrammes d'un printemps devenu grec grâce au ciel d'un bleu opiniâtre et aux rochers escarpés.

Pendant deux jours je me nourris de l'embrun des plages, de l'encens des temples, de l'ardeur du soleil en y ajoutant coquillages et poissons qu'aucun vœu n'empêche le pèlerin de la vie de savourer. Dans un temple isolé entouré de camphriers, il me semble avoir ce lieu dans ma mémoire. C'était il y a combien de siècles ?

À la pointe sud de l'île surgit sur une meringue une imposante statue dorée (33 mètres de haut) de Guanyin, trop clinquante pour notre goût actuel. Sa main droite levée paume ouverte est un signe de protection ; dans sa main gauche, elle tient sous la poitrine la Roue de la Loi mise en branle à Sarnath. « J'en viens ! » lui dis-je. Quelle importance ? répond son regard. À ce moment, des foules braillardes chapeautées de jaune débarquent pour photographier le Féminin de quincaillerie. Je m'échappe vers un cap étonnant, le Saut de Guanyin réservé aux « esprits errants ». Vous croyez les avoir oubliés ; ils sont capables de vous faire traverser des mers. Sur le sentier escarpé qui conduit à la grotte de Fanyin, je suis arrêté par une roche sur laquelle quelques brins d'herbe arrivent à vivre. Je suis resté longtemps en contemplation. Je lui ai demandé de me parler. Elle a parlé… Que cela reste entre nous.

Arrivé à Fanyin, je descends vers la fente verticale de la grotte creusée au-dessus de la mer.

Une pierre est coincée dans la partie haute et étroite de la fente. Aucun indice ne permet de savoir si la présence de cette praline scintillante est due à la fantaisie des mouvements telluriques ou si des mains malicieuses l'ont aidée. Un écriteau signale qu'on peut y voir une « palourde tenant une perle dans la bouche. » On a le droit de sourire. D'une terrasse atteinte par un raide escalier depuis une chapelle, on contemple la fente. À gauche de l'amande, des bâtonnets d'encens brûlent devant la figure de l'Éveillé dont le calme prouve que ce lieu de puissance chamanique ne trouble pas plus sa sérénité que les femmes lascives jadis envoyées par Mâra tandis qu'il venait d'atteindre l'Éveil sous le figuier de Gaya. Pour accentuer l'alliance du bouddhisme avec les manifestations naturelles dont le Chinois ne peut s'éloigner, il est dit que le ressac assez sonore dans le bas de la grotte évoque des paroles prononcées par le Bouddha lui-même.

L'étranger s'incline devant la grotte avec dans les mains un bouquet de bâtonnets d'encens. Il met des enfants au cœur de sa prière.

Au retour, je croise un moine tibétain. Nous nous saluons et restons immobiles l'un en face de l'autre avec un sourire convenu. Je lui fais comprendre que j'ai rencontré le Dalaï-lama. Le visage du moine passe de la sérénité à l'inquiétude. Heureusement, nous sommes seuls sur ce chemin qui domine la mer. Il me prend les mains, les serre. Y a-t-il des larmes dans ses yeux ? Comme je vois arriver au loin un couple de Chinois, je baragouine très vite, je ne sais comment, que nous sommes conscients du martyr du Tibet et que nous recevons beaucoup de lamas tibétains qui transmettent le dharma *(chos)* en Europe. Je me dégage. Nous nous éloignons. Quelle force a-t-elle permis à certains maîtres de transformer en compassion la haine naturelle éprouvée face à la rage qui s'est déversée sur la culture et le peuple tibétains ? Selon la loi du karma, la Chine devra payer. Je pense au barrage des trois gorges qu'elle construit, un chancre sur son corps. La régénération par le déluge est un mythe universel...

Promenade à la nuit tombée sur des falaises. J'essaie d'entendre des paroles du Bouddha dans le ressac, mais c'est un appel rendu lancinant par la solitude. L'appel devient un murmure de la mort mêlé au bord argenté des rochers éclairés par la lune. La mort complice de la beauté ? Elle m'offre surtout des bras tandis que cette nuit devient un mirage. Je m'éloigne des perles sur les roches qui demandent du sang. On ne triche pas avec des harmoniques issus des gouffres. Comment passer si vite du goût de la nuit au goût du néant ? Dans quel méandre est la source ? La sagesse me conseille de m'agenouiller. Apaisement. Peut-être le moine du sentier pleure-t-il dans son exil.

Le lendemain, retour à Shanghai par Ningbo. Aux abords de la métropole, tours de verre et jets d'acier. Dans un jour lointain (?), quand mon corps ne sera plus que vent et poussière, peut-être regardera-t-on ces tours avec la même nostalgie que nous regardons le Bund des empires disparus. En ressassant le principe de mutation, *yi*, les Chinois observent en souriant ce qui, à nos yeux attachés à *l'être*, est une perte irrémédiable. Si le bonheur est le but de la vie, savoir que tout est mutation est un bon viatique. Plus radicale, la mâyâ est également propice à la paix des pâtures.

Je retrouve mon gros sac dans l'hôtel. Mon sac me demande : quelle image restera de l'île ? Des pas, lui dis-je. Ensuite je déambule dans le musée de Shanghai. Les bonzes et les céramiques rappellent la lenteur des siècles. Il faut bien des points fixes quand l'Histoire est secouée par des spasmes. Dans la galerie des peintures, je suis pris par *Orchidées et bambous* de Luo Pin. Je passe rapidement devant des œuvres sûrement admirables ; en admirer une est suffisant.

À la Bibliothèque nationale qui est située près de mon hôtel, j'apprends que Luo Pin, natif de Yangzhou, était le cadet des « Huit Excentriques » qui inventèrent de nouvelles façons de représenter la peinture d'« oiseaux-et-fleurs », de bambous ou de roches en favorisant l'expression de l'individualité. La gageure pour ce groupe de peintres était de développer leur personnalité intérieure en refusant de suivre les règles établies par les écoles. Avec son pinceau, Luo Pin tente d'exprimer le « détachement spirituel du monde » propre au bouddhisme. Il excellait également à peindre des fantômes que certains ont interprété comme une façon de se moquer des mandarins corrompus. N'était-ce pas trop d'honneur pour eux ? Il est rare que la rencontre d'un fantôme ne soit pas une expérience enrichissante. Corrompre la parole ne mérite que l'enfer de l'oubli.

Avant de sortir du musée, arrêt devant l'*Album de fleurs, oiseaux, herbes et insectes* d'un artiste que j'ignorais. Apprécier la peinture chinoise n'est pas la *comprendre ;* c'est recevoir les vibrations d'un trait de pinceau qui a pris la forme d'un bambou, d'un caillou ou d'un chou. Saisir l'âme d'un rouleau en oubliant de se torturer l'esprit, comme c'est simple ! Une décantation qui m'a pris vingt ans…

Je vais terminer la journée dans un bar pour jeunes branchés où les protégés du régime écoutent de la zizique du Nouveau Monde. Une boisson peut coûter le salaire mensuel des ouvriers esclaves venus des provinces pauvres de l'Ouest. Les serveuses déguisées avec de disgracieuses jupettes à l'américaine ont gardé une grande fraîcheur. Elles sentent encore la paille. Elles restent stupéfaites en observant des Occidentaux s'embrasser pour se dire bonjour. Tout cela à nouveau en encre sympathique. L'une d'elles qui a ri quand j'ai fait semblant de l'embrasser au moment de mon départ me donne trois pommes dont la saveur chasse ma colère. Dans la chambre, je lis des pièces du *Printemps* de Ho li.

Joseph Lewin est l'ami d'un ami. Pour lui, je romps, le temps d'une soirée, mon vœu de voyager sans contacts prévus. Descendant par sa mère de la famille Kandoorie, il est un des rares représentants de la communauté juive de Shanghai. À partir de 1870, des milliers de familles d'Inde et d'Irak ont gagné ce port qui devenait cosmopolite. Elles se sont enrichies dans le commerce de l'opium, de l'immobilier et du coton. La communauté s'est agrandie avec l'arrivée de réfugiés venus d'Europe avant la Seconde Guerre mondiale. L'occupation japonaise suivie de la Révolution leur ont fait prendre à nouveau la route de l'exil, cette fois pour Israël. Les parents de Joseph Lewin ont refusé de partir. Ils sont arrivés à survivre dans la confusion des changements de maîtres. Le fils a également choisi de rester après leur mort. Il porte la barbe d'un lettré chinois, parle d'une voix douce qui cache mal le sentiment tragique qu'il éprouve devant le destin d'Israël.

— Le génie juif, dit-il, est de porter sa terre en soi. Notre terre, c'est la Torah. Après deux millénaires d'exil, il était trop tard pour renouer.

Nous devions rester le levain au sein de cultures multiples malgré la shoah… Oui, comprenez-moi bien, même si je vous choque. Notre destin de « juif errant » a été scellé une fois pour toutes dans l'attente du Messie. La possession de la terre nous détourne de cette attente. Israël est condamné à une interminable guerre, car les Arabes ne toléreront jamais son existence malgré quelques bonnes paroles qui ne sont que du vent. Notre vocation est spirituelle. Dieu attend de nous que nous restions des questionneurs, que nous ajoutions toujours une question à une réponse. Un État a besoin de certitudes. J'admire Israël pour son courage. Mais dans dix ans, trente ans, le courage ne suffira plus contre le déluge de l'atome. J'ai peur pour Israël… C'est au contact d'autres cultures que sont nés nos génies qui ont secoué l'ordre ancien : Marx, Freud, Einstein, Kafka, Chaplin, votre Simone Weil…

— À quel prix !

— Je sais, je sais… On n'échappe pas au tragique. C'est notre destin.

— Pourquoi ?

— Ah ! Une vie entière ne m'a pas donné la réponse. Ou ceci, comme je vous l'ai dit : rien n'est plus désagréable à entendre que des questions qui ne finissent jamais. L'homme a hélas besoin de certitudes. Nous sommes les dérangeurs.

— Avec une majuscule ?

— Ne plaisantez pas !

— Ce n'est pas mon intention. Je vous comprends. J'aimerais moi aussi rester dans le questionnement. Enfin… pour presque tout. Reste à savoir s'il existe un peuple élu.

Mon interrogation le gêne. C'est comme s'il y sentait un piège. Il finit par sourire, un sourire affectueux :

— Il semblerait que le diable nous regarde particulièrement de travers. Élu ? Élu ?… Je ne sais. Mais que nous ayons un rôle n'est pas une hypothèse, c'est une réalité historique. J'attends la mort afin de savoir pourquoi ce rôle est tombé sur nous, pourquoi ces drames sans fin, sans fin… Je ne serai plus là, mais ça va recommencer. Je suis seul, prenez-moi les mains.

Après un long silence, pour moi d'une intensité rarement atteinte, il retrouve son sourire. Nos mains se quittent.

— Donc vous êtes allé à Jérusalem avec vos enfants. Racontez-moi !

Je pars vers l'ouest pour Suzhou, au bord du Grand Canal, une honorable ville réputée pour ses jardins et ses canaux. C'est la énième « Venise de… », formule stupide, même si Marco Polo en parle et qu'on y trouve de nombreux ponts en dos d'âne. J'y arrive sous une pluie battante que je ressens comme un écho aux paroles de Joseph Lewin. Je garde sur les miennes la douceur de ses mains.

Je loge dans l'annexe fantomatique d'un hôtel situé au milieu d'un jardin où les fleurs commencent à s'ouvrir sous les trombes d'eau qui les affolent. J'obéis (pas de quoi être fier) à l'impératif qui consiste à visiter certains lieux quand on est l'hôte de passage d'une cité historique. Mais avant les jardins, qui font la réputation de Suzhou, je pousse la porte du temple du Mystère, un sanctuaire taoïste cerné par des boutiques de souvenirs. Pas plus d'aura que de mystère à l'intérieur. Les statues sont aussi figées que dans les temples confucéens et n'expriment en rien la liberté des Tchouang-tseu, Lao-tseu, Li-tseu... maîtres ès électrochocs. Lamentable propension de l'homme à geler les paroles de vie. Cet animal inquiet n'aime que les parapets, les pilotis, les paginations, les idées ordonnées, les enfants à son image. Il peut certes y avoir sagesse à s'attacher au mât quand le chant des sirènes est trop envoûtant ; mais aucune sagesse dans le refus de l'inattendu.

Après une demi-vie à lire (épisodiquement) les maîtres du Tao, j'erre dans ce temple les mains dans les poches derrière le drapeau de Voltaire. Pas plus d'enthousiasme pendant la visite du célèbre jardin du Maître des Filets qui est brouillé par un crachin. Il était vain de vouloir retrouver ici la communion vécue à Putuo shan. Un état prévu est un état moribond. Pourtant, cette sorte d'île dans la ville résume le génie chinois de l'harmonisation des éléments. Pavillons, rochers, massifs, buttes ou étangs forment une symphonie complexe qui accompagne les saisons. Les jaunes et verts du printemps sont rehaussés par le gris du ciel. Je ferme les yeux, voici l'été : blancs fatigués, rouges chauds, pétales au sol, pureté des fleurs de lotus, symboles de l'illumination bouddhique. La racine du lotus puise sa nourriture dans la vase. Pas d'angélisme.

Dans ses *Récits d'une vie fugitive*, Chen Fu décrit un autre usage des fleurs de lotus : « Quand en été les lotus commencent à fleurir, les corolles se ferment le soir pour se rouvrir à l'aurore. Yun avait coutume d'enfermer une pincée de thé dans un sachet de gaze qu'elle plaçait à la tombée de la nuit au cœur de la fleur. Elle le reprenait le lendemain matin, et le thé ainsi préparé, à l'aide d'eau de pluie réservée à cet usage, avait un parfum d'une exquise délicatesse. »

Voici l'automne, les couleurs passées au four, l'éphémère, la dernière brûlure de l'amour avant le spasme de la mort. De Chen Fu également : « Nous nous assîmes sous le porche, écoutant simplement le frôlement des feuilles mortes qui tombaient et le silence que ne troublait âme qui vive. »

Je m'attarde dans un salon de musique où nul visiteur ne vient troubler le rythme devenu lent des gouttes de pluie sur le toit. D'une fenêtre, la vue donne sur un bassin dont la surface est couverte de cercles qui s'élargissent, disparaissent et reviennent. Quand les mandarins dont la tête était pleine de poèmes et de sentences venaient s'asseoir dans ce pavillon, ont-ils pu voir cette calligraphie ? Elle dit (ce n'est guère un secret) : « L'homme brandit l'épée et soumet la femme. » Est-ce par dépit de ne connaître dans son ventre la naissance de la vie ? Épargné de l'envie de tuer, je me dirige vers la salle consacrée à la réception des hôtes. Prenez place, dis-je à M. Hung, et dites-moi quand l'Empire sera à nouveau en accord avec le Ciel. Il l'est, dites-vous ? Vous m'étonnez, je ne constate que la mise au pas. N'allez pas me confirmer que le Ciel était une manière de nommer l'Ordre. Allons !

Un rayon de soleil. Les gouttes de pluie sur les pivoines sont les larmes de joie d'une chair à vif.

Le jardinier est le plus sage des hommes. Il connaît les puissances en action au sein de la terre, les rayons du ciel, le fil du funambule ; il donne la vie, ne craint pas de la soumettre, donne la mort avec soulagement. Il perçoit le point fixe de l'éphémère, la spirale du permanent. Il domine à genoux, compose avec les yeux. Il connaît la patience du soleil, l'urgence du vent. Il plie les caprices. Les fleurs savent qui il est.

Amusant de constater que la civilisation chinoise a cherché l'éternité au sein de ce monde, et de la façon la plus naturelle.

L'éternité de l'Égypte ou celle du christianisme, qui sont sœurs, est reportée à un autre monde. Munificence de l'assise, mais combien aléatoire.

Demeure de la nuit, des vers et des semences, la terre nous dit : je t'ai nourri, je te reprends. Et nous : merci !

Certains soirs je me tais.

Ai-je échoué dans ma tentative d'avoir un billet de train pour Qufu, la ville de naissance de Confucius ? Je savais que la ligne de chemin de fer évite Qufu afin de ne pas troubler les mânes du maître. Il suffirait donc d'obtenir un billet pour la gare la plus proche. Cette évidence ne passe pas devant les guichets. J'ai dans la main un billet pour une ville imprononçable que je n'arrive pas à situer. Il n'est pas déplaisant de se retrouver avec une énigme avant d'aller chez maître Khong (Khong Fu-tseu : Confucius). On a tôt fait de trouver une bonne raison à l'absence de raison.

Quittant Suzhou, je me souviens que, malgré la pluie, j'ai été heureux de pédaler le long des canaux, de voir des pivoines éclore, d'être accueilli par des touffes de bambous, de suivre dans l'eau un rayon de lumière jusqu'à la boue nauséabonde.

Le train matinal est bondé, les banquettes inconfortables, les paysages plats. Où descendre ?

À quelle heure ? Je ne cherche pas à recueillir des informations sur ma destination. L'incertitude me plaît *et* m'inquiète. Les enfants connaissent cet attelage.

Wuxi, Changzhou, Nankin (à 13 h 42), le train se vide, le fleuve Bleu est couvert de péniches pleines de sable jaunâtre qui déverseront du ciment sur la terre de Chine qui a fourni porcelaine et soie. Jiashan, Benghu à partir de laquelle nous abandonnons le nord-ouest pour le nord, Xizhou à 19 h 20. La nuit est opaque malgré quelques trouées sur des étoiles, le train est quasi vide, deux heures passent, je continue à regarder les choses se faire en mon absence. Enfin, le contrôleur me fait signe de quitter le train à la prochaine gare. « Pour Qufu ? » Il me montre la porte, s'en va. Je descends seul à Yanzhou. La gare ferme derrière moi. Pas un chat sur la place. Je marche dans des rues à peine éclairées à la recherche d'une voiture, d'une personne ou d'un hôtel. Quand j'arrive vers les faubourgs, je fais demi-tour avec le projet d'aller dormir contre la gare. Une voiture s'arrête, le chauffeur me conduit dans ce qu'il appelle un hôtel (hum !). Il réveille une femme qui m'enferme dans une chambre sordide.

Le lendemain, arrivé à Qufu après un trajet en car, je suis ravi par la ville qui ressemble à une ville chinoise, par le soleil qui ressemble à Soûrya et par le sourire des Qufuiennes qui ne ressemble pas à celui de la femme de Socrate, lequel ressemble (en partie) à Confucius qui, contrairement à l'usage qu'on en a fait, avait le pas libre, l'ironie à la bouche, et déstabilisait ses interlocuteurs afin de les faire avancer. La « religion » rigide fondée sur sa pensée ne lui ressemble pas plus que n'aurait ressemblé à Socrate un culte organisé autour de lui. On a d'autres exemples. « Je ne suis jamais inconditionnel sur ce qu'il est possible ou impossible de faire » *Entretiens de Confucius* (XVIII, 8). Le visage de Joseph Lewin repasse dans mon esprit.

Qufu n'a rien de commun avec Bénarès ou Jérusalem. Ni foules en prière venues chercher des bienfaits, ni l'assoiffée camarde en embuscade. C'est une cité traditionnelle avec ses murailles, ses rues calmes et, comme une cité dans la cité, le temple de Confucius avec la résidence des descendants de Confucius qui, à travers les siècles, n'ont cessé de réclamer leur part du gâteau. Comme souvent en Chine, les édifices ont été reconstruits sous la dynastie des Ming. L'épaisseur du temps est à cultiver dans sa tête.

Dans un jardin vers le nord, je croise un vieil homme qui m'intrigue par la sérénité de son visage et la majesté de sa démarche. Je l'aborde. Zhang Ying est un enseignant confucéen dont le sourire n'a pas été abîmé par les persécutions du maoïsme. Au bout d'un moment je n'écoute plus ses propos en mauvais anglais sur les traités confucéens. L'enseignement provient de ses gestes et du ton de sa voix. Le mental suit les gestes ou, si l'on veut, fait corps avec le corps. La séparation que nous établissons entre l'esprit et la lettre — essentielle quand la *lettre* est morte — n'a pas plus cours ici qu'au Japon. Pour Confucius, le lien avec le vivant s'exprime par le rituel, qui a valeur d'épithète. L'homme de rencontre ne répond pas à mes questions sur le sujet. Il le manifeste, et c'est ainsi qu'il l'imprime.

Nous avançons lentement dans les jardins. Je lui dis espérer que le sens du rituel, invisible parmi les foules chinoises, revienne grâce à la calligraphie. Il ne me comprend pas. Nous nous arrêtons sur un pont. Il se dit heureux que je sois arrivé à Qufu pour la fête des morts. Ah ? J'en ignorais la date. M. Zhang me propose de le retrouver le lendemain à l'entrée du plus grand cimetière du monde, la « forêt de Confucius », où l'on peut voir la tombe du maître et de ses innombrables descendants.

On pénètre dans cette nécropole forestière, riche de cent mille arbres, par le portique de l'Éternel printemps et l'on suit la Voie des Esprits *(shendao* en chinois, *shintô* en japonais) jusqu'à la tombe de Confucius, modeste mamelon herbu entouré de deux stèles. Là, Zhang Ying accomplit un méticuleux rituel de danse contemporaine qu'il reprendra avec quelques variantes devant d'autres tombes. Nous ne nous parlons pas. Le langage est dans nos corps, le sien d'une souplesse de félin, le mien « emprunté », comme on dirait dans un salon chic. Se soumettre à un rituel est un acte de modestie. Un esprit moderne se trompe en y voyant une atteinte à la liberté. Les moines chrétiens savent combien l'obéissance peut libérer l'esprit. L'*étiquette*, qui fut une des marques du génie français, participe du même respect dû aux autres.

Nous marchons en silence parmi les tombes devant lesquelles les familles sont venues prier en vitesse et manger en bonne conscience. Zhang s'arrête : « Auriez-vous, monsieur, une question à me poser ? » Je m'incline sans un mot. Il me salue, s'éloigne d'un pas d'antilope sacerdotale. Je retourne à l'entrée, loue une vieille bécane et m'élance avec fougue sur les sentiers tortueux des deux cents hectares de la nécropole. Je constate que les freins de mon véhicule ne fonctionnent pas. Mes talons les remplaceront. Contrairement à nos cimetières, la place des morts se confond avec la terre qui prend la forme d'un mamelon. Les stèles sont le seul signe qui individualise le disparu. On pourrait se demander si le même mort n'est pas étendu partout.

Au fur et à mesure que je monte dans les sous-bois emplis des gazouillis d'oiseaux, les familles se font plus rares, jusqu'à me laisser seul, exempt de pensées, mais non d'effort à fournir à cause des racines et des trous. Emporté dans une descente, je tente de m'en tirer avec une vigoureuse poussée des pieds. Tenter n'est pas freiner. Une racine m'attendait…

Une fois la tête dans l'humus, après avoir vérifié que la mécanique de mes membres pouvait encore fonctionner, je me dis : c'est moi qui l'attendais. Je reste à terre où je me sens retenu par des bras familiers. Je me méfie des emmêlements, bien qu'avec l'âge la conscience de l'unité de la vie l'emporte sur les catégories de notre mental. Un lien existe entre la mort, l'amour et la mystique. On l'a souvent répété, mais dans des interprétations différentes. En ce moment précis je n'interprète rien, je vis seulement une pulsion qui a bien la tête d'une trinité. Aucune angoisse si j'avais à m'abandonner au sein de la terre, comme avec l'aimée, comme, trop rarement, dans la prière. L'énigme est ce *moi*, qui est une respiration. On en fait un tout, il est un mouvement. Retrouver l'origine — la mort est autant notre origine que notre fin — n'est pas avoir le goût du néant. Éros n'est pas macabre ; il décante. Resterait à prier…

Je m'essuie la bouche ; un peu de sang. Les mots, aussi dégonflés que le pneu de la bicyclette, ont été happés par le sol élémentaire.

Du plus profond de moi s'épanouit une joie calme. La terre n'est plus chinoise, ni le ciel, ni les arbres. Ils sont les pièces d'une mosaïque dont je ne suis qu'une parcelle. Cette forêt devient l'île déserte où recommencer la vie.

Assez ! L'opération à accomplir en cet instant au centre du monde est une autre alchimie, pas moins complexe : retourner au portique de l'Éternel printemps avec ce vélo nase.

MONTAGNE

Non loin de Qufu, on atteint facilement Tai'an qui s'étend au pied du Taishan, une des montagnes sacrées de la Chine qui en compte cinq principales, mais peu d'aussi vénérables. En 110 avant Jésus-Christ, l'union entre le pouvoir et le cosmos, autrement dit le « mandat céleste » *(tian ming)*, source de la légitimité, a été célébrée pour la première fois au Taishan. Je prends une chambre dans un hôtel pour la classe montante formée d'êtres vulgaires qui possèdent de grosses voitures et sont possédés par leur arrogance. Entre les différents bâtiments de l'hôtel passent des dames qui exploitent leur capital-fuseau auprès des voyageurs. Juste à côté, un grand sanctuaire propose d'autres bienfaits sous un nom aux fonctions multiples : le Palais du don du Ciel.

Plusieurs empereurs sont venus à Tai'an célébrer des sacrifices et accomplir une partie de l'ascension de la montagne. J'attends le retour du soleil avant de suivre leurs traces. Je me promène dans la ville, compte les variétés de légumes sur le marché (neuf, je crois), assiste à la sortie des écoles tandis que les mères viennent cajoler leur « petit empereur » (l'enfant unique), et envoie des nouvelles en France par le biais de la Toile, ce qui m'a souvent été impossible. Ici, la liaison s'établit et m'apprend que mes derniers messages sont arrivés sous forme de pages blanches.

Je m'énerve tout en reconnaissant l'intérêt du symbole.

Je pense à un épisode du *Si Yeou Ki, La Pérégrination vers l'Ouest.* Sur le point de retourner en Chine avec les précieux rouleaux des écritures bouddhiques recueillies en Inde, Tripitaka et ses compagnons vont vivre une épreuve. Les moines leur avaient remis des pages vierges en guise de sûtras. Le Bouddha du passé *(Dipamkara)* se réjouit de la situation et « se dit en riant : Les malheureux moines des terres de l'Est [la Chine] sont si bornés qu'ils ne savent pas ce que sont ces sûtras sans écriture ; ne serait-ce pas rendre vaine toute la traversée du saint moine ? » (Il s'agit du pèlerin chinois Hiuan Tsiang que le texte nomme Tripitaka.) Se rendant compte que les rouleaux « n'étaient que papier blanc », les trois compères du voyage en Inde vont s'en plaindre au Bouddha qui rit puis leur dit : « C'est parce que vous les avez obtenus les mains vides que l'on vous a remis des volumes blancs. Ce sont néanmoins des Écritures authentiques ; celles sans un mot sont aussi bonnes que les autres. » On peut, à partir de là, imaginer un changement radical dans l'histoire de l'humanité si les Paroles sacrées avaient été transmises au moyen de pages blanches. *Chaire d'interprétation du blanc !...* Est-ce par bonté ou par réalisme que le Bouddha leur fit remettre cinq mille quarante-huit rouleaux chargés d'écriture ? Connaissant les hommes, il leur dit : « Pas question d'ouvrir un rouleau sans abstinences et ablutions purificatrices. »

Retour au voyageur énervé devant l'ordinateur d'une officine chinoise. Comme l'effacement des écritures se fait en sens unique : de la Chine vers la France, alors que les messages venus de France me parviennent normalement, je tente de surprendre l'ordinateur en envoyant mes courriels sur d'autres serveurs, en les faisant rebondir dans le ciel, redescendre en piqué, troubler la vigilance des censeurs. C'est alors que s'affiche un message : « Vous n'êtes pas Olivier Germain-Thomas. » Cette affirmation a beau être péremptoire, elle possède une puissance qui m'émeut. Je vais dans un salon de thé réfléchir à l'hypothèse.

Le « qui suis-je ? » ne m'a jamais bousculé. Le « où suis-je si je ne suis pas ici ? » me semble plus pertinent. Il n'est pas seulement question de géographie, mais de l'énigme de notre présence au monde. On est si facilement dans la lune ou hors de ses gonds… Quant à savoir qui je pourrais être d'autre, je sèche. Ou plutôt, je réfléchis aux valeurs sans lesquelles je ne serais qu'une poignée de confettis jetée au hasard. Je laisse la famille et l'amitié dans le secret d'un coffre. Jamais on ne pourra couper mon lien avec la France, donné dans le berceau avec l'esprit de résistance et le sens de la grandeur. Que des guignols masqués la rabaissent attise ma fureur, mais n'enlève rien à ma foi en elle. Elle a pour joyau la langue française. Je ne sais si je suis bon amant ; amoureux c'est certain. On entend que sa rigueur et sa souplesse, la subtilité des temps ou des rythmes seraient à délaisser au nom de l'efficacité. Les souteneurs aux chevalières à tête de mort voudraient l'envoyer sur le trottoir se faire… par les mots qui passent, les syntaxes en goguette. Face à eux, les troupes sont solides tandis que le corps enseignant constate avec stupeur combien la démagogie du laxisme n'a fait qu'engendrer de la violence. Mais, au-delà des vents changeants, la décision appartient à la littérature. Que surgisse en français un livre fondateur ayant la puissance d'un mythe, et la belle endormie sauterait de son lit. *Est-ce vous mon prince ? Vous vous êtes fait bien attendre…*

J'assume le ridicule de mon serment de Tai'an : « Je tiendrai jusqu'au dernier murmure. »

Ciel clair, journée propice à l'ascension du Taishan. Ablutions purificatrices dans ma salle de bains, puis sortie dès l'aube tandis qu'après leurs simulacres fort éloignés de l'alchimie du cinabre (allusion taoïste), apaisées ou humiliées, les « dames » dorment dans des draps froissés en rêvant de bébés.

Celui qui franchit au pied de la montagne la Première Porte pour gagner le ciel *(Yi tian men)* met ses pas dans ceux de Confucius, comme le rappelle une inscription datée de 1560. On oublie vite l'empreinte, on oublie le passé, on est tendu par l'effort, on voit le sommet reculer, on maugrée, on ahane, on souffle, on se convainc de continuer, on chantonne, on compte les pas, on lève la tête, on n'hésite pas à dire à la montagne : ô somptueuse… on sourit, on repart. Arrivé au sommet, on se courbe sous l'effet du vent venu du nord, on s'accroche, on dit merci, on refuse l'envol.

*

La cohue est telle dans le train pour Pékin que je n'ai même pas la possibilité de m'asseoir sur mon sac. Coincé au bout du couloir dans un état sardinesque, je ne vois rien du paysage, ni le fleuve Jaune, ni les plaines du Shandong ou du Hebei. Aux arrêts dans les gares, les places libérées sont aussitôt occupées par des paysans qui pratiquent avec professionnalisme le chacun pour soi, monnaie universelle. Aux courbatures de l'ascension s'ajoutent des coudes dans mes omoplates. Penser à une soirée en famille dans la maison de Bourgogne avec un chablis frais et un livre qui cravache me permet de tenir entre Cangzhou et Jinghai. Puis je revois des images de l'ascension d'avant-hier.

De temps à autre des portefaix au bât dorsal supporté en partie par une lanière sur le front me dépassaient en trottinant. Leurs torses nus dégoulinaient de sueur. Je manifestais mon admiration en langage signe. Mais il y avait plus vital pour eux que mon témoignage ; rien ne devait les détourner de la tension de l'effort. Une jeune femme me demanda en anglais pourquoi j'accomplissais cette ascension. Réponse : Peut-être saurai-je là-haut pourquoi je ne suis pas celui que je crois être. Connaissez-vous l'histoire du « rêve du papillon » relatée par Tchouang-tseu ? Elle : Je suis biologiste.

Alors que je reprenais mon souffle sur un muret, trois vieilles paysannes s'arrêtèrent et me dévisagèrent. L'une tendit la main. Je la pris entre les miennes. Elle la retira aussitôt. De qui étais-je le spectre ? Elles poursuivirent l'ascension en jacassant. Quand je les retrouvai, je leur offris des biscuits. Pendant près d'une heure je montai seul. Je m'arrêtai devant l'oratoire taoïste de la Tour du ciel dans la courge. Je me sentis si étranger que j'éprouvai le besoin de lancer en français vers le ciel : *communion !* Plus haut, un étudiant me demanda s'il pouvait m'accompagner. Il m'accabla de questions auxquelles mon souffle ne me permit de répondre qu'en deux ou trois syllabes. Je m'arrêtai et lui dis que je voulais méditer devant le paysage. Je chantais *Meunier tu dors* quand une petite fille passa, juchée sur les épaules de son père. Elle se mit à pleurer. La mère se fâcha en quatre tons. Je donnai une fleur à un bonze solitaire, je lui dis : *xiang*, parfum. Il fut si encombré de mon offrande que je la repris.

Prises par le vent violent du sommet du Taishan, les roches devenaient des personnes. Je me penchai au-dessus du vide. Oh ! Mais l'amour est un parapet de poche.

À Tianjin d'où se dégagent encore des effluves d'une Europe partie en fumée, dans le va-et-vient entre la montée et la descente, je bouscule trois garçons et obtiens enfin vingt centimètres de banquette pour une parcelle de fesse.

MURAILLE

Chambre à l'*Hôtel du Jardin de bambous* dans un quartier encore traditionnel au nord de la Cité interdite. Il est entouré d'un jardin qui sort avec peine de l'hiver. Le train a donc été plus rapide que le printemps, une prouesse pour un tortillard. Ayant été assez effrayé, lors du trajet de la gare à l'hôtel, par le spectacle d'un Pékin livré aux démolisseurs, les autoroutes urbaines, les foules mécaniques, j'ai la tentation de rester dans le jardin afin de préserver la Chine de Segalen, de refuser les canailleries du réel. J'envoie dans le ciel un mot à Dominique de Roux : « Règne du leurre, l'aventure soldée, l'Histoire en miettes. M. Homais s'intéresse aux tribus primitives. » Immédiatement, la réponse : « À cheval, bannière au vent ! »

Dès le matin, je vais visiter quelques *hutongs* près de l'hôtel. Les ruelles de ces îlots sont si étroites, les cours des maisons si petites qu'on y pratique un viol par les yeux. Les habitants sont condamnés à devenir des curiosités touristiques ; au moins ils ne croupissent pas dans les cages à lapins des banlieues. Peu à peu les hutongs rasés laisseront place à l'acier, au verre, miroir pour alouettes déplumées par la folie marchande. On en gardera quelques-uns, aliments de cartes-mémoires numériques qui remplacent les combinatoires complexes des souvenirs. Je me traite de charognard, je sors, je découvre le métro, je traverse *Tian anmen*, en jetant un regard vipérin sur le mausolée du président Mao au geste protecteur. La camarde reconnaissante.

La « Cité pourpre interdite » est un ensemble organique dont chaque partie possède une fonction afin de maintenir l'ordre des choses. Quelle tête a cet ordre ? On aura compris que le pouvoir de l'empereur et de ses acolytes trouve sa légitimité dans un « ordre naturel » dont ils sont les représentants. Fils du Ciel, l'empereur est le garant de l'équilibre Ciel-Terre. Le pouvoir n'est évidemment pas une affaire d'urnes, il est une alchimie de signes comme l'est cet assemblage de bâtiments. Je m'y promène en dilettante, préférant l'intuition aux balises. Palais de l'Harmonie suprême, palais de l'Harmonie du milieu, palais de l'Harmonie préservée, palais de la Tranquillité terrestre, palais de la Tranquillité compatissante, palais des Élégances accumulées, palais de l'Éternel printemps (il pleut), palais de la Nourriture du cœur, palais de la Longévité paisible, palais du Yang splendide...

Tandis que dans une cour je contemple un glorieux bas-relief qui suit la pente d'un escalier et représente plusieurs dragons frétillants sous l'action de l'eau, un serviteur s'approche de moi :

— Sa Majesté l'Empereur vous accorde une audience.

— Mais je n'ai...

— Suivez-moi !

N'ayant jamais été reçu par un empereur, qu'il soit de la Chine ou de l'Antarctique, je demande à mon accompagnateur de m'éclairer sur l'étiquette à observer. L'idée de voir (façon de parler) ma tête rouler à ses pieds parce que le rituel n'aurait pas été observé n'émoustille pas ma curiosité. Le serviteur me rassure. Sa Majesté sait que les étrangers n'entendent rien aux rituels. Il tolère d'eux des manières qui ne sont pas conformes à l'Ordre Immuable. N'étant qu'un barbare, non un sujet du Centre, mes erreurs ne sauraient mériter la mort. Le Fils du Ciel s'en amusera comme il s'amuse des maladresses d'un enfant.

La salle du trône est éclairée d'une lumière dorée dont on ne voit pas la source. Vêtu d'une longue robe émaillée d'astres, l'empereur est assis en hauteur ; il est entouré d'hommes âgés qui se tiennent debout. Je m'avance d'un pas ferme, je m'incline (pas trop), relève la tête et fixe ses yeux, ce dont manifestement il n'a pas l'habitude.

Sa Majesté se montre curieuse de connaître mes impressions sur les pays que j'ai traversés. J'évoque Bénarès, les trains de l'Inde, l'océan, les femmes du Siam, les forêts du Laos, l'industrieux Vietnam (très léger sourire crispé), la descente sur Nanning, l'ombre d'une pivoine sur une rocaille dans les jardins de Suzhou, l'ascension du Taishan sur la trace de ses prédécesseurs et mon désir d'aller accomplir une longue marche sur la muraille qui protégeait la « fleur du milieu » (nom ancien de la Chine). Il me demande de lui parler des habitants du « Pays de la Loi » (France).

— Je me contenterai, lui dis-je, de quelques remarques brèves (en fait, j'ai envie de poursuivre la visite de la Cité interdite). Voici. On nous dit orgueilleux ; nous ne cessons de nous dénigrer. On nous dit adeptes de la raison, des symétries ; nous sommes désordonnés, sentimentaux, girouettes. On nous associe à la Révolution ; nous rêvons de rois, de reines et de princesses. Nous courons derrière toute nouveauté, mais refusons de bouger une vieille pierre. Nous manions les grandes idées et cultivons les petits calculs. Nous clamons l'universel et râlons devant l'étranger. Nous souhaitons que nos femmes soient brillantes et émancipées, habiles dans les « jeux des nuages et de la pluie » (sourire), mais attentives aux enfants et au bœuf miroton. Elles demandent aux hommes d'être protecteurs sans autorité, séducteurs sans infidélité, féministes le jour, machistes la nuit. Nous reprochons à l'État d'être fort quand il est fort, d'être faible quand il est faible. Bref, Majesté, nous sommes, je crois, un peuple vivant.

— Comme tout cela est étonnant ! fait-il en se caressant la barbiche.

— Je crois me souvenir qu'il nous est arrivé d'étonner le monde.

— Et vos lettrés, comment sont-ils ? Leur réputation est grande.

— Ils aiment les révolutions lointaines, les manifestations, les pétitions, les incantations. Ils portent un beau masque de rebelle et un costume très mode.

— Qu'attendez-vous pour leur couper la tête ?

— Sous leur impulsion, il y a deux siècles, beaucoup de têtes sont tombées. Résultat : un empereur.

— On a toujours raison de couper des têtes ! C'est ainsi que mes ancêtres ont tenu le Pays du Milieu depuis quatre mille ans. Pourquoi changer ? Vous avez vu que l'Empire est bien tenu.

Je lui réponds que, du sud au nord, j'ai eu l'occasion d'avancer à la vitesse du printemps et que j'ai pu ainsi constater que l'ordre des saisons était respecté. Il semble apprécier la métaphore. Je prends ma respiration et dis alors d'une voix calme que j'attends maintenant que le printemps arrive enfin au Pays des Neiges (Tibet). D'un geste, S.M. fait comprendre au général Li Yong qu'il ne doit pas dégainer. Le représentant de six mille ans d'histoire prend l'air d'un matou qui guette un oiseau. Il dit : « Je remarque que l'étranger au long nez a transporté sa maison en venant chez nous. L'aveugle ne connaît pas la splendeur de l'aube. » Deux spadassins me reconduisent vers la sortie. Nous franchissons les mêmes salles, du nord vers le sud cette fois. Puis, me serrant de près, ils me font traverser plusieurs cours. Devant le Ruisseau des Eaux d'Or aux cinq ponts qui sont des flèches dirigées vers ceux dont la présence est néfaste à l'équilibre du pouvoir, on me fait bifurquer vers la gauche (l'est, lié au yang qui est l'énergie des armées). Un vieil homme m'attend au milieu d'un pavillon. Je l'entends me demander : « Avez-vous trouvé la Voie ?... Non ?... Alors je vais vous couper la tête. »

La pluie tombe dru ; je m'achète un imperméable en plastique rose et transparent comme une capote. Sur une superficie de deux cent soixante-dix hectares, le temple du Ciel avait pour fonction de maintenir de bonnes récoltes. L'empereur en était l'officiant. Le temple comprend trois principaux édifices qui ont la forme du ciel. La pluie a chassé les visiteurs. Tourné vers le sud, je reste seul au milieu de l'autel. C'est d'abord un amusement d'être au centre d'un cercle où l'empereur célébrait, au point focal du ciel et de la terre, alors que des trombes d'eau s'abattent sur mon accoutrement framboise. Quelques images de mon passé remontent : le ruisseau en contrebas de la maison de l'enfance en Corrèze, une femme aimée dans une bourrasque, l'imploration d'un enfant qui souffre... Puis, malgré ce qu'il peut y avoir de convenu d'être ému en un tel lieu en une posture à la théâtralité douteuse avec des rigoles d'eau dans le cou, je connais un état de plénitude qui annihile le froid, le ridicule, la solitude. On arrive à croire en une présence cachée dans le ciel...

Une fois le soleil revenu, alors que je traverse une partie de Pékin en autobus vers le Palais d'Été, je m'aperçois avec l'âge — ou disons, pour me ménager : avec l'expérience — que les choses sont à la fois plus compliquées et plus simples. Question de point d'appui.

Plus compliquées car, si l'on a dessein de déchiffrer un pays, il est nécessaire de tenir compte d'éléments difficiles à emboîter : l'histoire, les fleuves, la pensée, les signes et les sons de la langue, les épouvantails, les aromates, les idoles, les dessous du hasard...

Plus simples si l'on gratte l'écaille des mots et que l'on découvre un pauvre bonhomme qui tente de se débrouiller avec ses peurs et ses rêves. On dira Dieu, la Raison, la Nature, le Progrès, le Ciel... et ce sera à chaque fois l'appel de l'enfant dans la nuit : ne me laissez pas seul ! Bref, je veux dire simplement que l'homme naît nu, et qu'il lui en reste quelque chose partout sous le ciel malgré ses accoutrements. Dans le goût d'une cerise, les mouvements de l'amour, la canaillerie du pouvoir ou devant la dernière porte, on ne serait guère dépaysé sous les Zhou quand Confucius marchait dans la principauté de Lou et faisait avancer les intelligences. En l'occurrence, le Pékin traversé depuis le centre vers le nord-est ressemble à cent autres villes que la hâte défigure, autrement dit ne ressemble à rien. Par chance, le souvenir de ce moment où je suis resté debout hier au centre de l'autel du Ciel sous la pluie est une occasion d'étonnement. Je n'étais plus un voyageur français du début du XXIe siècle, j'étais à la jonction du ciel et de la terre un être jeté au sein d'une aventure stupéfiante impossible à comprendre, la même depuis les bisons de Lascaux ou les poteries de Banpo, une histoire qui… Arrêt du bus !

Les ruines du palais dans le jardin de la Perfection et de la Clarté sont un exemple du snobisme des Qing à leur déclin, qui ont bâti cet ensemble selon un modèle inspiré de l'Occident. Elles rappellent également la violence des troupes anglo-françaises en 1860 lors du sac du Palais d'Été que les sirupeux sentiments d'une mauvaise conscience ne sauraient effacer. Une petite fille s'amuse à glisser sur une balustrade effondrée. Du bonheur dans ses yeux fendus. Indifférence des parents. Un étang couvert de fleurs de lotus était entouré de pavillons en bois emportés par le feu. Je vois le visage rougi d'un soldat venu de Corrèze. Souiller, déchirer, brûler le patient travail de mains d'artistes, cet élan n'est-il pas semblable à celui qui pousse à violer l'innocence d'un enfant ? La destruction de la beauté procure une jouissance extrême pour que l'être qui s'y adonne mette en jeu sa vie, pire, son âme.

L'épisode qui suit, disons pour simplifier qu'il est le fruit du hasard : voici que je reconnais sur un tas de pierres John Robin, un Américain photographe dont j'ai fait la connaissance il y a dix ans en Birmanie, revu en coup de vent à Paris puis à Bangkok à la fin du précédent siècle. Il ne tient pas en place, épouse une cause, une autre, la lutte contre la drogue, la condition des femmes, la démocratie, les éléphants, les forêts de teck... Il photographie en rafale, publie des articles, organise des marches, disparaît, réapparaît avec vingt projets, une ride de plus, le même rire d'un gars de l'Ouest généreux et fraternel (dire qu'il est naïf serait une redondance). Il n'est pas plus étonné de me voir ici qu'il n'est surpris par la permanence du Mal sur terre. Informé des affaires du monde par les ondes courtes de sa puissante radio portable, il m'affirme que la pneumonie atypique se développe en Chine malgré le mutisme des autorités. Il s'apprête à quitter la Chine et m'incite à l'imiter au plus vite. « On verra, lui dis-je. Je voyage de manière atypique. Rien en Chine ne fonctionne sans complémentarité. Deux atypismes ne sauraient se rencontrer. » Il lève les yeux au ciel devant cette idiote façon de penser et me donne rendez-vous le soir pour dîner et rencontrer dans un bar une jeune femme écrivain, Z., dont les livres d'un érotisme cru font fureur auprès de la jeunesse de la sainte République populaire de Chine. Il prépare un article sur elle pour un canard de San Francisco et pense que cela me fera du bien d'entendre autre chose que les fatras de pensées ringardes dont plus personne ne se soucie. J'argumente :

« Aucune société n'a jamais oublié ses fondements. Chez vous, le *go west* est resté le... » John a filé, appelé par un cliché : le scintillement des jambes d'une jeune Chinoise devant une colonne brisée.

J'achète un masque et vais visiter dans la « ville tartare » le temple des lamas, ancien palais princier de l'Éternelle Harmonie donné aux bouddhistes tibétains en 1744 sous la dynastie mandchoue des Qinq, favorable à cette forme de bouddhisme. Les Tibétains ont eu raison d'élaborer un bouddhisme à leur main avec quantités de déités, de couleurs et de symboles.

Dans la fabrique des nouvelles formes de religions pour l'homme déraciné, il faudra cesser de négliger la puissance des symboles sur les couches les plus profondes de la conscience. Qu'ils agissent en toute innocence, débarrassés des explications qui les font remonter au cerveau ! Devant un mandala avec squelettes, couples enlacés, roues, fleuves à traverser, montagnes et nuages, que de jointures !

Z. est vulgaire. Elle se veut à la mode, parle avec une voix de crapaud, profère des poncifs sur le sexe, la liberté ou les écrivains américains qu'elle prétend connaître comme Henry Miller et Burroughs. John l'écoute avec complaisance. Je manifeste envers elle une ironie à laquelle, idole de pacotille, elle n'est pas habituée. Nous nous chipotons sur Freud, le taoïsme et le féminisme. Elle nous quitte courroucée. John est mécontent de moi. Je lui dis que cette colère a du sens pour son article. Il ne l'entend pas ainsi. Il voulait des confidences.

Alors que nous marchons réconciliés dans les rues nocturnes de Pékin, nous nous faisons agresser par deux gros Chinois qui sortent saouls d'un bar. Ils nous accusent de nous conduire comme des brutes en Irak, d'être de sales impérialistes. Ils n'écoutent pas John qui condamne l'agression. Marionnettes d'une thérapie, nous voici donc obligés de rendre des coups à cause de troupes qui foncent sur Babylone, selon une logique dont le résultat sera inversement proportionné à leur présente efficacité. Dire que j'ai ri quand Z. a clamé : « Je suis libre ! » Quelle force m'impose de me battre avec une violence que j'ignorais en moi ? Dès que je vois luire la lame d'un couteau, je pousse un cri de guerre et lance ma tête dans le ventre du type qui roule à terre. L'autre, qui a rejeté John, me ceinture. Nous nous bourrons de coups tandis que John, remis, s'occupe du premier. Les cris et les coups claquent dans le noir. Des passants nous entourent puis nous séparent. Des policiers arrivent enfin. Les zozos s'enfuient.

— Eh bien, dit John, jamais je ne t'aurais cru capable d'une telle rage. Qu'as-tu fait de ton Gandhi, de ton Tao fleuri ? Où es-tu allé cherché cette force ?

— Sais pas…

— Prends avec moi le premier avion pour Bangkok, c'est un signe.

— Curieux, je me fous maintenant de la pneumonie. Elle aussi doit être une invention.

— Aussi quoi ? Tu es trop compliqué pour moi. Enfin, merci !

— Je t'appelle demain. Salut ! Non, attends... Je... Oui, c'est cela, je sais que nos enfants vous regretteront, vilains impérialistes... Allez, file !

Je pars courir dans la nuit. Une heure après, de retour devant les bambous du jardin de l'hôtel, je me sens débarrassé d'un poids. Je monte désinfecter mes blessures qui sont peu profondes. Je fais brûler un bâtonnet d'encens devant une image de Shiva. Je lui tire la langue. Fini la comédie ! lui dis-je, Bénarès était une illusion. Face à la fenêtre ouverte je suis prêt à m'élancer. Je laisserai John partir seul.

J'arpente la muraille de Chine sous le soleil. Le printemps est annoncé par les fleurs des pêchers dans les vergers du côté de la Chine. De l'autre côté, qui est encore la Chine, mais d'une autre facture, celle des steppes jusqu'en Mongolie d'où provient un vent violent, le paysage est un ondoiement de collines nues. La muraille qui court jusqu'à l'horizon suit les caprices du relief. Sans empêcher les invasions, elle a offert des nuits plus calmes à des empereurs qui croyaient pouvoir arrêter par une ligne fortifiée des hordes qui n'avaient rien à perdre, celles qui toujours vaincront.

Trois moyens de transport et quatre incertitudes m'ont permis d'atteindre, au nord-est de Pékin, Simatai, sur une portion de la muraille que ne fréquentent pas encore les touristes. Après plusieurs kilomètres (mais il faut compter en heures de marche), on peut rejoindre Jinshanling d'où il semble possible de retourner à Pékin. La marche solitaire sur la frontière mythique est excitante et périlleuse. La muraille monte, descend, tourne sur l'étroite ligne de faîte. Quand elle est effondrée ou quand le vent se déchaîne, il faut s'accrocher au dos du dragon, avancer à quatre pattes, retrouver l'instinct de l'animal que nous fûmes, dit-on, avant de nous croire les chouchous du ciel.

Après une reptation dans les tourbillons du vent, il est agréable de rencontrer les soldats de l'ancienne Chine chargés de protéger l'Empire. Ils sont vêtus d'une cuirasse à lamelles et portent de longues épées capables de couper en deux les cavaliers mandchous. Voir leur sang impur arroser les pierres est un plaisir qu'ils sont impatients de découvrir. Il est vrai que, du sommet des tours de garde, la vue sur les steppes serait lassante s'il n'y avait l'espoir d'assister au surgissement de la poussière qui annonce l'arrivée des cavaliers. Dans la salle en dessous, les guerriers se partagent une femme venue leur apporter de l'eau. Ne connaissant pas d'autre sort que celui qui lui est fait, elle ne saurait s'en plaindre ; elle demande seulement aux gardiens de l'Empire de ne pas la brusquer car son ventre porte un bébé qu'elle gardera si c'est un garçon. Deux hommes qui ont assouvi leur désir jouent aux dés, deux autres boivent en attendant leur tour. Il y a là une vie faite des désirs les plus élémentaires organisés selon des règles intangibles avant le combat. La nuit, les hululements des chouettes sont une compagnie pour les veilleurs.

1644. Li Zicheng, chef d'une insurrection populaire contre l'administration des Ming, envahit Pékin. L'empereur se pend, la Cité interdite est souillée. Le général Wu Sangui apprend la nouvelle dans le port de Shanhaiguan, là où la grande muraille arrive jusqu'à la mer, à l'est de Pékin. Il était chargé par les Ming de contenir la poussée des Mandchous dont le rêve était l'Empire chinois. Il apprend que la jeune chanteuse Chen Yuanyuan dont il avait fait son absolu est prisonnière des rebelles. Imaginer un autre que lui goûter le corps adulé, peau de pêche, baisers de feu et chants d'oiseaux, lui impose une volte-face. Il s'allie aux Mandchous, galope avec eux jusqu'à Pékin, chasse les rebelles et poursuit les survivants jusqu'aux terres où se couche le soleil. Dans ce printemps enivrant, les Mandchous s'installent à Pékin ; ils y fondent la dynastie des Qing qui durera deux cent soixante-sept années. N'ayant aucune nouvelle de Chen Yuanyuan, je n'arrive pas à savoir si elle a été sujet ou objet du destin. Quant à Wu Sangui, il servira les Mandchous avec autant de fougue que les Ming.

J'ai repris la marche sur cette ligne de partage que le vent traverse avec la même désinvolture que les envahisseurs mongols ou mandchous. Je n'apprécie pas le cri des aigles. Aux dangers des éboulements et des rafales s'ajoute la menace du dragon. On voit se dandiner son long corps dans la lumière poussiéreuse du soleil qui descend. S'il se réveillait, s'il lui prenait de courir par bosses et vals, ou même de s'envoler, serais-je capable de me retenir à mes chimères ?

Je passe à travers cinq tours de garde dont les lucarnes ajourées font siffler le vent. À la sixième, je rencontre des soldats du général Wu Sangui. Ils se dressent, me menacent de leurs épées, veulent m'arracher mon couteau. Je leur montre mes yeux bleus, un nez presque digne d'Hector Savinien Cyrano de Bergerac, leur répète en plusieurs langues que je ne suis pas un espion mandchou. Je ne leur dis pas qu'à cause de la douceur d'une peau (douceur, est-ce assez ?), ils seront bientôt conduits à servir les barbares qu'ils rêvent de transpercer. L'Histoire ? Une courtisane masquée. J'essaie de leur faire comprendre que S.M. l'empereur m'a accordé une audience en son palais de Pékin. Ils se calment. Nous nous asseyons dans l'étroite salle et partageons au goulot un alcool radical au goût de vomi.

Ils ignorent la France. Je leur explique que les ducs chez nous (entre les Ming et les Qing, nous sommes sous la Fronde) se trouvent en révolte contre notre reine et son conseiller, un cardinal que je qualifie de mandarin. L'un d'eux écrase une punaise. Le plus jeune, à peine quinze ans, veut savoir comment sont les femmes de mon pays. En mutation *(yi)*, dis-je dans l'incompréhension générale. Un autre qui possède une balafre, de l'œil jusqu'au menton, me demande si je sais tirer à l'arc. J'évoque les duels. Je n'arrive pas à leur faire admettre que c'est un rituel *(li)* qui permet de dénouer les crises. On parle d'épées, d'armures, de chevaux, puis on revient naturellement à la question des femmes. Je leur dis que chez nous les rois et les seigneurs (d'autres encore) ont des concubines, mais que, comme nos lois — différentes des leurs bien qu'aussi rigoureuses — condamnent cet usage, ils les rencontrent en catimini. Les soldats s'esclaffent. Nouvelle rasade d'alcool. Comment vais-je tenir jusqu'à Jinshangling ?

On aborde la question des soldes. Combien touche un soldat chez nous ? Hum… ? Je dis : presque rien, ce qui les console de leur sort. Ils veulent connaître les animaux que nous mangeons. Je dis : comme vous, sauf le chien. Pourquoi ? Je réponds : ils gardent les maisons. Ils me demandent où je vais. Je leur dis qu'à l'embouchure du Yang-tsé je vais prendre un bateau pour l'Empire du Soleil-Levant dont ils ignorent l'existence et n'apprécient pas le nom car, depuis toujours, le soleil se lève et se couche dans l'Empire du Milieu. Au-delà, hé bien, en dehors du pays des Mongols ou de celui des Mandchous (un soldat crache à terre), il n'y a rien. Rien ? fais-je, étonné. Mais je viens bien de quelque part. Le tour de leurs questions prouve qu'ils ne m'ont pas pris pour un fantôme. L'un d'eux tente une explication : oui, derrière les murailles de l'Empire, vers le couchant, vivent effectivement des êtres à tête bizarre (une rasade, des rires), mais du côté de la mer, là où le soleil se lève, il en est sûr, aucun homme ne peut habiter. Un soldat claque de ses doigts boudinés pour approuver l'affirmation. Un autre me demande pourquoi je suis venu dans l'Empire.

Je me lance : c'est à la fois clair et obscur. Le clair : j'aime voyager, j'aime le mouvement des pas, la rencontre des regards, la récolte d'images sur des territoires inconnus, la contemplation d'une lumière qui n'est plus une fiction. L'obscur vient des simulacres du désir. Je cherche peut-être quelque chose dont j'ignore l'existence. Quel visage, quelle aventure, quelle grotte ? Les gardiens de la muraille s'impatientent. Ils détestent les rébus. Leurs mains se rapprochent de leurs épées.

Un coup de canon éclate, suivi d'un effondrement de pierres. « Les Mandchous ! » hurlent les soldats qui courent vers le lieu du choc. Je m'esbigne de l'autre côté. J'arrive en sueur dans une nouvelle tour de garde où je revois la femme qui passait de mains en mains. Elle est couchée, elle sanglote. Elle masse dans ses bras une forme qu'elle a enveloppée dans un vieux tissu. Je devine que si je la touche, elle se décomposera. Je n'ai pas non plus de mots pour la consoler. Je reste comme une godiche, les bras ballants, prêt à maudire le ciel si un nouveau coup de canon des Mandchous ne m'avait sommé de déguerpir.

En avançant vers Jinshangling, je franchis une nouvelle porte, je rencontre la nuit, puis (plus difficilement) trouve un véhicule pour Pékin.

Dans le métro, les Pékinois commencent à porter des masques.

Avant de retourner à Shanghai, je me rends dans une salle de concert où Liu Fang donne un récital de pipa, le luth chinois. Liu Fang est née en 1974 dans le Yunan. Dire qu'elle est belle est insuffisant, elle est aérienne. Elle est vêtue d'une robe rouge traditionnelle ornée de dessins noirs. Tirés en arrière, ses cheveux sont rassemblés en chignon ; elle porte des brillants aux oreilles. Elle se montre indifférente aux clameurs qui l'accueillent. Silence immédiat. Elle serre le pipa sur elle comme un bébé avant d'attaquer les cordes. Ses doigts voltigent, montent et descendent tandis que son visage reste celui d'une statue. Elle ferme les yeux, rapproche le pipa de sa poitrine. D'un mouvement tendre, elle allaite la musique. Elle penche la tête, ouvre la bouche, l'ombre de ses mains glisse sur le pipa. Les notes deviennent une coulée de perles. Une suspension. Puis une note captive s'élève, nue, sainte. Le bébé prend du corps, les doigts avancent dans l'aigu. Enfin, comme un long soupir et une chute. Elle garde les yeux baissés sous les applaudissements.

Elle reprend. Elle joue *Lune et rivière* où s'accouplent douceur et violence, puis *Soleil de printemps sur la lune blanche*. Elle est maintenant assise derrière un guzheng, long instrument à vingt et une cordes sur lequel courent ses mains d'amoureuse. Elle est langueur, elle est frénésie, elle est le cours du temps ; elle sanctifie la Femme. Elle est ma première déesse chinoise.

Avant l'heure du train pour Shanghai, je vais dans une église catholique. La beauté n'est pas son fort, mais son silence. Génie universel du christianisme, ces figures de sources juives passées par l'éternité égyptienne, la pensée grecque et l'ordre romain, arrivées ici avec l'audace des Jésuites puis l'arrogance des navires. Je suis de cette Église, celle de mon lignage et de mon enfance, et n'ai pas l'intention de la quitter alors que la superbe l'a quittée. On a aussi la foi de sa mémoire. Étonnement devant les croix de la nef vide. Que l'Envoyé ait été martyrisé par l'ordre établi, voici qui est conforme au cours des choses, mais faire du symbole de ce rejet un objet d'adoration n'était pas dans l'habitude des hommes, qui préféraient des dieux glorieux. Il y a là un renversement admirable qui n'a pas empêché l'Église de pactiser avec les pouvoirs temporels, tandis que les saints, d'une patiente obstination, revenaient à la charité et à la pauvreté. Le Maître guérisseur était entré à Jérusalem sur le dos d'un âne.

L'universalité du christianisme provient de quelques paroles incarnées d'amour et de détachement. Là-dessus, on y ajoute des falbalas dont chaque énoncé se retourne par les mêmes moyens qu'il a été concocté : ceux de l'intellect. La question est : comment déployer la saveur spirituelle déposée en chaque être. L'art avait été une voie royale. Mille ans de chefs-d'œuvre dans tous les domaines avec une inégalable énergie du renouvellement. Et voilà que l'art religieux s'est affaissé sous son poids au XIXe siècle ! Peut-il renaître avec des formes nouvelles qui ne soient pas celles d'aérogares ? Le christianisme est pris entre le désir de courir derrière la marche du temps et le message de permanence… *et nunc et semper in secula seculorum.*

Une vieille Chinoise prie devant une Vierge en chromo. Vu l'état du monde depuis qu'il nous raconte son histoire, on peut penser que demander quelque chose au ciel est le fruit d'une douce naïveté. C'est oublier que la demande nous met dans la disposition de recevoir.

Je traverse un marché. Du cou d'un poulet déplumé, tête coupée, tombent des gouttes de sang. Je regarde le soleil à travers le trou d'une bâche. Je vois une femme sauter dans un long précipice. Un homme accourt à mi-pente, il tend les bras, puis les replie sur lui, observe la femme poursuivre sa chute. Tout au fond, un rayon de soleil éclaire le manteau bleu de la Vierge taché du sang de la femme.

Je quitte le marché. Je repasse à l'hôtel prendre mon sac.

GROTTE

D'un trait Pékin-Shanghai avec un rapide de nuit. La saison a fait un saut. J'ai quitté un printemps timide, il s'est épanoui sur les feuilles des platanes de l'ancienne concession française. Je descends dans un hôtel « Art moderne » qui se donne un air du New York des années vingt. Il est situé à côté de la rue de Nankin, piétonne et commerçante, qui reçoit des Chinois à flots. Ils découvrent la folie de la consommation avec un enthousiasme désespérant.

Le fait semble gros ; il l'est. Pourquoi le cacher ? En me promenant à nouveau dans les salles de peinture du musée de Shanghai, je m'arrête devant *L'Instant de partir* de Shitao, que je n'avais pas vu il y a quinze jours avant ma progression vers Pékin. Du bas de la toile vers le centre, un escalier monte à travers des broussailles. Sur cet escalier un homme marche de dos. Il porte une robe, un chignon et s'apprête à entrer dans une forêt de pins au-dessus de laquelle on aperçoit les toits d'un ermitage bâti sous un pan de roche qui occupe la partie gauche de l'œuvre comme un rideau de scène replié qui pourrait retomber une fois la pièce jouée. Pièce inconnue, notre vie, entre un râle de plaisir et un râle d'adieu, plus long, caverneux. Heureusement, il y a des escaliers, des sages munis d'un bâton, des forêts à traverser, des maisons au sommet d'où regarder passer les nuages rougeoyants...

Je retourne devant le *Roc solitaire* du même Shitao. Pendant mon absence, les taches noires sur le rocher ont grandi. Pourquoi le temps serait-il plus noir que blanc ? Il est la condition de l'arrivée dans l'ermitage au-dessus de la forêt. La tête tourne sous la violence du vent qui dénude le *Roc.* S'accrocher à l'espace ? Préférons le pinceau qui a solide assise. Ce fut, on le sait, le choix de Bada Shanren (Chu Ta) quand il se sentit envahi de monstres et qu'il jeta des traînées de sève, l'ombre de sa vie. En réponse à une lettre qu'il lui aurait adressée, Shitao, de quinze ans le cadet de Bada Shanren, lui envoya un dessin intitulé *Mille petites taches d'encre sauvage* accompagné d'un texte qui pourrait être ceci : « Ce sont les traces de mon pinceau que j'ai fait courir de joie sur mon papier à la lecture de vos paroles. En vérité, j'aurais dû dessiner une orchidée ou bien un bambou ou un héron, mais cela aurait signifié chercher la compétition avec le maître. Ces modestes gouttelettes représentent cependant le début de tout, la joie du pinceau. Nous verrons-nous un jour ? »

Recette pour donner vie à des taches qui, aussitôt posées, deviennent feuilles, rochers, nuages, branches, ou l'espace ou le désir : être déjanté, autrement dit avoir quitté la meute pour l'ordre du feu. Bada Shanren et Shitao furent l'un et l'autre moines bouddhistes comme, vers le soleil levant, Sengai qui, d'une pression du pinceau, donnait aux yeux d'un squelette une vision intérieure.

À Hangzhou, les fleurs, le lac, les amoureux, les pavillons et les papillons, les promenades en barque, les poses photographiques des familles extasiées, tout cela est trop sucré après le vent guerrier de la grande muraille. Je vais attendre la nuit sur une colline boisée qui surplombe le lac. Dans l'énumération savante et précise des capacités de l'homme qu'il donne au milieu de ses *Méditations métaphysiques*, René Descartes oublie une aptitude essentielle : *Ego sum res cogitans, id est dubitans, affirmans, negans*... « Je suis une chose qui pense, c'est-à-dire qui doute, qui affirme, qui nie, qui connaît peu de choses, qui en ignore beaucoup, qui aime, qui hait, qui veut, qui ne veut pas, qui imagine aussi, et qui sent. » Descartes n'a pas conscience que l'homme a la capacité de faire le vide, non pour mettre à plat ses connaissances avant de relancer la mécanique intellectuelle mais, au contraire, pour l'écarter, entrer en communion avec le mouvement même de la vie, être *passage*.

La nuit est tombée sur le lac. Les pensées sont devenues poussière. Je devine que je vais me perdre avant de retrouver l'hôtel dont la marche m'a éloigné. Me *perdre ?* Le mot éclate comme une bulle. Il ne faudrait pas croire non plus que les diables ne savent pas profiter du vide.

Après-demain je serai en mer pour le Japon.

Dans la vaste enceinte où est bâti le temple bouddhique de Ling Yin (Retraite de l'âme) à l'ouest du lac de Hangzhou, les piaillements des visiteurs chinois rendent impossible l'émotion, malgré la majesté de la montagne derrière le temple. Un papa gras se fait photographier avec sa fille devant la sculpture d'un Bouddha assis dans une niche. Il prend la même position que le Bouddha, comme il l'aurait fait avec Mickey. J'admire et envie la compassion du Maître à l'égard de toutes les créatures. Ici, je manie le fouet et m'éloigne de la foule par un étroit sentier qui monte et griffe. Les oiseaux ont remplacé les humains. Le Bouddha ne s'indigne pas de mon soulagement, ma part chrétienne, oui. Presque au sommet, je me trouve face à un imposant rocher. Je m'allonge sur l'humus. Ces dernières heures en Chine ont le goût d'un manque. Si j'ai pu avancer sans aide sur une terre qui était pour moi plus étrangère que n'a jamais été celle de l'Inde, ou même celle du Laos des temps premiers, il y a ici un fil qui m'a manqué ; je ne sais de quel ordre il est. Je me suis lassé des temples faute d'y trouver résonance. Fuyante et cachottière, Ariane n'a pointé son minois qu'avec le vent, les pierres ou les nuages. Il faudra revenir surprendre Ariane en son bain.

Je contourne la masse rocheuse entourée de ronces. Je frappe une paroi lisse avec mon bâton dans l'attente de je ne sais quoi. J'entends un son creux comme s'il y avait une cavité derrière la pierre. Je continue à tourner, je découvre un trou caché par des racines qui pendent ; j'y pénètre. Odeur humide, suintement d'un filet d'eau. Je lance : Ho ! Hé ! Le son revient en un râle après un tour. Je m'assieds. Un bruit au fond de la grotte ! Je m'y dirige à tâtons.

L'histoire de l'enfant est celle-ci. Il est enfermé dans la grotte depuis quatre-vingt-douze ans. Il porte une robe, se nourrit de racines, refuse de parler. Le temps n'a pas prise sur lui. Son visage a la pâleur de la lune dont il connaît les phases. À chaque pleine lune il change de place. Quand arrivent le soleil et les oiseaux du printemps, il s'agenouille. S'il pleut dehors, il guette les fils d'eau sur la paroi. Si un orage gronde, il remercie la terre de le protéger. S'il arrive à un rongeur de traverser la grotte, il n'en éprouve aucune crainte. Parfois il prend un pinceau, il le trempe dans une encre faite d'une suie de branches de pins brûlées mêlée à une colle de bois de daims transformés en bouillie dans une poêle chauffée à feu doux. Bras mi-tendu, il garde le pinceau en hauteur. Il reste ainsi longtemps, parfois une journée, attentif et patient. C'est le pinceau qui décide. Le pinceau descend d'un trait sur la terre de la grotte, s'écrase, se relève, revient pour une tache plus légère, puis trois autres jusqu'à ce qu'il soit vidé de son encre. Noires sur le noir du sol, les taches sont invisibles, sauf pour l'enfant qui les contemple fixement. Puis il se recroqueville.

Dehors, des papillons aux ailes rouges applaudissent ; ils ignorent qu'ils seront poussière à la saison suivante.

6

L'EMPIRE DU SOLEIL-LEVANT

Invisible, fleur en vie
Dévoilée, pfuiit !

ZÉAMI

LE SHANGHAI-KÔBE

« Nuit de Chine, nuit câline… » On l'a chanté aux heures glorieuses de la vieille Europe, quand les Vénus lointaines donnaient à croire qu'elles avaient chair d'épices. Le bateau fend la mer de Chine, nommée par les Chinois mer de l'Est, comme à tribord on trouve la mer du Sud, à bâbord la mer Jaune. Sous-entendu : elles sont naturellement chinoises autour de l'inaltérable centre. On signale au levant des îles lointaines. On les nommera *Niben* (« d'où se lève le soleil »), adapté en japonais par *Nippon* ou *Nihon*, qui désaxe l'archipel, mais en même temps légitime Amaterasu, la déesse du Soleil de qui descendent cent vingt-quatre empereurs. En 1945, les Américains ont imposé à Hirohito de déclarer qu'il était seulement humain. Mais la déesse ne saurait obéir à des décrets imposés par des étrangers. Il est dans sa nature de s'incarner en une tête couronnée.

Vue de l'avant du *Xin-Jian-Zhen*, la mer est une pièce de soie noire que l'étrave déchire en lançant des étincelles. Au loin, la soie ressemble à de l'avenir. Certains pensent qu'il est écrit. On pourrait s'imaginer immobile alors que, venant des nuées, des images déjà formées deviendraient le présent. Trop facile ! Le passé non plus n'est pas écrit, miroirs et regards en modifient les lignes.

À cause de la pneumonie, les passagers sont peu nombreux sur ce gros navire chinois. Quelques touristes japonais, un groupe d'étudiantes chinoises, un Néo-Zélandais exubérant et une Chinoise d'une beauté redoutable qui fait des affaires entre la Chine et le Japon, femme de tête que rien ne saurait atteindre et que j'ai cherché en vain à faire sourire, pour voir, comme on dit au poker. Elle cache son jeu. Il est banal. Déjà vu à Tirukkalikundram ou à Vénarey-les-Laumes. Soit, mais « déjà vu » est un anesthésiant que le voyageur évitera. La tentation d'éclairer la nouveauté par le souvenir rend aveugle.

Pendant la nuit, sous une lune à laquelle il manque un morceau, promenade sur les ponts du navire désert. Marcher à contre-courant donne l'impression de faire la nique à Chronos. Derrière le noir, la Chine où des centaines de millions de paysans attendent dans la misère une aube qui ne vient pas. Le sang n'est pas une hypothèse ; il est inscrit dans l'état du monde. L'arrivée de la Chine sur la scène internationale est l'objet des attentions du Café du commerce, où l'on est rarement matinal. Sa puissance se prépare à dépasser celle des États-Unis. Certes… Mais avec cela, on n'a rien dit. Il ne s'agit pas d'un État qui en remplacerait un autre à la tête du troupeau, il s'agit de deux *épistémé*, si l'on me permet ce gros mot. L'aventure de populations chassées de leurs terres et colonisant un continent d'une incroyable richesse, cette énergie naïve, guerrière, décomplexée, parfois généreuse, toujours prisonnière de schémas simplistes, de mythes que l'histoire n'a pas eu le temps de polir… n'a rien à voir avec l'aventure millénaire d'une Chine où la hiérarchie est une seconde nature, les Lettres une condition du pouvoir, et qui n'a pas encore cherché à aimanter les intelligences du monde. C'est la Chine dans son essence qui a été humiliée avec la décadence de ses derniers empereurs et l'arrivée sur sa terre des « longs nez » qui se sont dits supérieurs alors qu'ils n'étaient que « d'incultes barbares adorateurs d'un dieu supplicié ». Il y a dans l'esprit de chaque Chinois une blessure qui ne se cicatrisera qu'en infligeant cette même blessure à d'autres. La ritournelle est hélas connue. Qui ne l'a chantée, qui ne la chante ?

Heureusement, l'avenir de la Chine présente une autre face. Les âmes traquées de notre planète ne peuvent plus se contenter d'amuse-gueules en guise de culture. La Chine a les moyens de rouvrir la porte du Temple. Elle a longtemps marché sur la Voie (Tao) où l'homme et les souffles s'accordent. Et quand on a inventé la plus expressive des écritures, peut-on laisser les mots se vider de leur substance ?

Dans deux jours, le Japon où m'attend Ikuko Hagiwara pour la dernière séquence. J'aime à ma manière le Japon après une dizaine de voyages et un séjour de quatre mois, d'abord à Kyôto, puis dans une maison forestière au-dessus du lac Biwa, enfin au pied du mont Fuji. J'ai essayé de saisir ses manières, qui empruntent des tracés si éloignés des nôtres. J'ai cherché à comprendre la singularité de son isolement, son retournement brutal, le nouveau retournement après le feu atomique. Le raffinement de ce peuple guerrier ne laisse pas d'intriguer. Il faut découvrir sa cuisine, dont la créativité est ignorée, écouter le murmure de ses femmes, le sens du sacré de ses prêtres et de ses paysans, la modestie de ses artistes. Ma rencontre avec le Japon doit beaucoup à Tadao Takémoto, connu à la Sorbonne au séminaire de Jean Grenier. Il m'a initié au shintô, au rôle de l'ombre, du caché, du non-dit. À côté du Japon colonisé subsiste un Japon traditionnel, derrière un voile. Il n'est soulevé — mais à peine — qu'avec une aide nipponne. Commencer par apprendre à briser toute ligne droite.

À tribord, s'étendent les îles Ryukyu avec Okinawa et sa sinistre base militaire, sa nature tropicale, ses voyantes d'une anormale efficacité et ses danses chamaniques. J'avais dansé avec une fille du pays capable de faire venir la pluie ou de transformer un mauvais amant en crapaud (ce n'est qu'une hypothèse). Ce chapelet d'îles ne fut complètement rattaché au Japon qu'en 1879. Auparavant, elles étaient gouvernées par des rois dont la politique consistait à essayer de maintenir l'indépendance, d'abord vis-à-vis de la Chine, puis vis-à-vis des seigneurs du sud du Japon. Les voyageurs insistaient sur la gentillesse des habitants et la beauté des paysages. Dans leur volonté de les soumettre, les Japonais interdirent les armes. Le monde entier profite encore de cette décision. C'est en effet à partir de cette période que se développa le karaté (qui veut dire « mains vides »), dont les techniques venaient du kalarippayat de l'Inde *via* la Chine. Ce mode de combat, qui peut porter des coups mortels, fut définitivement codifié au début du XXe siècle avant de connaître un rayonnement universel.

Dans *Okinawa. The History of an Island People*, George H. Kerr relate une intéressante anecdote. Après un long périple en Asie, le *Lyra*, commandé par le capitaine Hall, s'arrêta à Sainte-Hélène lors du trajet de retour vers la Grande-Bretagne. Avec ses officiers, Hall rendit visite à Napoléon dans son lieu d'exil. Napoléon, qui les interrogea sur leur voyage, fut particulièrement intéressé par Okinawa. Quand ses visiteurs expliquèrent qu'il existait un royaume où l'on ne trouvait aucune arme et au sein duquel les hommes de toutes les classes sociales se comportaient de manière polie et accueillante, celui qui avait terrorisé l'Europe refusa de les croire. « Point d'armes ! s'exclama-t-il. Mais sans armes, comment se bat-on ? » Hall lui répondit qu'à sa connaissance, ce peuple connaissait une paix durable. « Pas de guerres ! » s'écria Napoléon. L'empereur déchu continua de s'informer sur les mœurs des populations. Il s'amusa du fait que les habitants, malgré leur grand sens de l'hospitalité, aient caché leurs femmes aux étrangers blonds. Ils avaient raison. Il faut s'attacher pour résister au pouvoir de leur sensualité. Le matriarcat de la société leur donne une liberté qu'elles ont su marier à une modestie apparente.

À la fin d'une danse exécutée sous une radieuse lumière, alors que je félicitais les jeunes filles, Tadao Takémoto qui m'accompagnait à Okinawa me dit en me désignant l'une d'elles :

— Elle voudrait maintenant que tu la baises.

— Ah ? Je...

— Qu'est-ce qui ne va pas ?

— Le lieu... non, je veux dire : ma fidélité ne...

Mon ami m'expliqua les raisons de ce chaud-froid qui m'était servi en public. La veille, conscient de mon devoir de Français, j'avais pratiqué le baisemain avec quelques dames. L'innocente (?) danseuse, qui trouvait excitante cette coutume, souhaitait que je la pratiquasse avec elle. Je la baisai donc, et en rajoutai dans la solennité du geste.

Dimanche de Pâques en pleine mer. Des bribes du *Salve Regina* se mêlent aux trépidations du moteur et au froissement des vagues.

> « Ce plaisir est pour moi seul,
> Je ne saurais vous l'offrir. »
>
> TAO HONGJIND (425-536)

On regarde les civilisations anciennes avec le même œil qui regarde notre époque, oubliant que le passé se présente sous forme de *morceaux choisis ;* surtout, que l'axe des connaissances a changé. Impossible de voir le ciel comme le poète chinois Zhu Xi (1130-1200) qui interrogeait les reflets du soleil dans un bassin. Il m'arrive cependant de rêver de la *tabula rasa* en regardant le ciel bleu par-dessus l'étrave du bateau fantôme.

Deux nuages se poursuivent dans le ciel. Leur obstination est un signe. Mais de quoi ?

L'homme avait fait de lui-même une œuvre d'art. Maintenant les « œuvres d'art » expriment son dégoût.

« Car c'est à la vérité une violente et traîtresse maîtresse d'école que la coutume. Elle établit en nous, peu à peu, à la dérobée, le pied de son autorité » *Essais* (I, 23).

L'essentiel a déjà été compris par les Anciens. Il m'a fallu faire le tour du monde et de bien des idées pour en avoir la preuve.

Serrer dans ses bras un enfant, et savoir que l'on serre un cadavre en formation... Plus tard ! implore-t-on. À qui ? La mer est muette.

On a pris le langage au sérieux quand il a tenté de décrypter le monde avec mythes et rythmes. Maintenant, de l'écume.

J'avais dit à Tadao Takémoto : « Votre conception du *vide*, c'est coton pour nous. » Il m'avait répondu : « Nous, ce que nous ne comprenons pas chez vous, c'est *l'éternel.* »

Sans être du *vide*, l'aptitude à vivre l'état présent, portes fermées sur le passé et le futur, n'est possible qu'en retrouvant l'esprit d'enfance, demande incessante du Christ que les princes de l'église se sont empressés de mettre sous le boisseau.

Raisonner sur Dieu, ne serait-ce pas faire l'amour en suivant un traité d'érotologie ?

Évidence de la chute (ou, si l'on préfère, d'un défaut de fabrication), quand on ouvre le cœur de l'homme.

Le détachement, maître mot du bouddhisme. Non seulement se détacher des biens, mais être assez léger pour ne jamais craindre ce qui vient. D'éphémère en éphémère, nous pouvons accomplir le voyage avec quiétude. Il est réjouissant de trouver chez Montaigne des propos à rapprocher de l'enseignement du bouddhisme : « Nous ne sommes jamais chez nous, nous sommes toujours au-delà. La crainte, le désir, l'espérance, nous élancent vers l'avenir, et nous dérobent le sentiment et la considération de ce qui est pour nous amuser [occuper] à ce qui sera, voire quand nous ne serons plus » (I, 3). S'il y a là une sagesse, dont on peut découvrir des signes ailleurs, ce cas précis provient de la marque du stoïcisme. À nouveau l'insoluble question : quelle part de l'histoire, quelle part des universaux quand deux idées ou deux formes se retrouvent d'un bord à l'autre d'un océan ?

« Quand je danse, je danse ; quand je dors, je dors. Voire, et quand je me promène solitairement en un beau verger, si mes pensées se sont entretenues des occurrences étrangères quelque partie du temps, quelque autre partie, je les ramène à la promenade, au verger, à la douceur de cette solitude, et à moi » (III, 13).

Pendant le dîner dans la salle à manger quasi déserte, la Chinoise pérore à mon intention : « Les Occidentaux ne comprennent rien à la Chine. Vous venez avec un fatras d'idées sur Confucius, Lao-tseu, le bouddhisme et je ne sais quoi. Tout le monde s'en fout en dehors des vieilles femmes ! La Chine ancienne est morte pour toujours. Vous avez changé depuis Robin des Bois, non ? » Elle s'en prend ensuite aux Japonais qu'elle menace des foudres de la Chine s'ils refusent de reconnaître leurs méfaits pendant la guerre. Le très aimable et très civilisé Japonais qui partage notre table n'entend heureusement pas l'anglais, tandis que le Néo-Zélandais s'embrouille avec ses baguettes malgré mes leçons.

À nouveau le pont du navire durant la dernière nuit. Dans le ciel lumineux du dimanche de Pâques aux étoiles si proches, ce n'est pas « l'espace infini » qui m'effraie, ni la petitesse de l'homme, c'est son inaptitude au bonheur. Quelle insatisfaction nous ronge, qu'a-t-on de si impérieux à combler ? Mais l'amour comble autant que la haine. Autant ? Tu rigoles ! Jamais de temps morts avec la haine.

« Faites ordonner une purgation à votre cervelle, elle y sera mieux employée qu'à votre estomac » (II, 37).

Kyûshû, Shikoku, mer Intérieure, Honshû, puis de petites îles comme des taches tombées d'un pinceau, Harima Nada, la baie d'Ôsaka, le port de Kôbe. Une douane accueillante comme si la pneumonie n'avait pas de visa pour l'archipel. Voici Ikuko tout sourire dans le hall désert de la gare maritime. Après les indispensables formules de politesse dites à distance, je lui propose de porter un masque pendant trois jours, la durée d'une éventuelle incubation. Elle répond d'un éclat de rire : « C'est la crainte de la maladie qui procure la maladie. J'ai dit à mon mari, qui ne voulait pas que je vienne vous accueillir, que je savais que vous n'auriez rien attrapé. » Comment le savait-elle ? Les Japonaises ne sont pas traduisibles.

À partir de maintenant, je vais me laisser guider par Ikuko Hagiwara qui, en bonne Japonaise, a tout organisé. Habitée par l'intuition des cœurs généreux, sa joie est de donner. Elle connaît mes goûts et n'a rien à prouver. Je puis donc avoir une totale confiance en ses choix. Elle est une fervente bouddhiste issue de la noblesse japonaise (abolie). Je l'ai rencontrée il y a plusieurs années grâce à Tadao Takémoto. Comme il est retenu en France, je vais retrouver le Japon en son absence, mais l'étape la plus importante se fera par son intermédiaire. Il a demandé au grand prêtre Goto du Takachiho d'organiser pour nous une participation à une marche de yamabushis. Arrivée au même cycle de vie que moi, Ikuko souhaitait également accomplir ce rituel de passage dans les montagnes.

Depuis l'Inde, humeur était mon guide ; les étapes suivantes, pages blanches. Ici, des balises. Elles font partie de l'esprit du Japon, de même qu'à l'inverse, le secret est nécessaire devant la beauté, l'amour ou le sacré. Le Japon manie le génie de la précision et le génie du voile. Il n'y a là contradictions que si on les pose comme telles. Devant la fluidité de la vie, les approches obéissent à des souffles subtils qui se rencontrent, et ne se détruisent. Chez nous, deux siècles et demi d'amnésie nous ont poussés à éradiquer la part mystérieuse des choses, qui demeure l'essentiel.

DIVINITÉ DE LA GRAINE

Il est temps de repenser
à ces noces rompues.

JULIEN GRACQ
Préférences

Nous laissons Ôsaka et Kyôto (où nous reviendrons) pour longer en train la côte ouest de lá presqu'île de Kii, royaume de forêts, montagnes, cascades, sanctuaires, fantômes et rêves fulgurants envoyés par les kamis. Ces derniers, d'autant plus présents qu'ils demeurent invisibles (bis). Le train est dénué de poésie, autrement dit : aucune surprise. L'exploit technique hait l'inattendu, qui est la prouesse de l'esprit. Au moins six sortes de vert dans les forêts qui surplombent la mer. Les bouquets de bambous d'un vert citronné retiennent toute la lumière que les cryptomères *(cryptomeria japonica)* dédaignent.

Gare de Kamitonda sur la pointe sud. Tandis que le soleil penche vers les rochers gris qui découpent la mer, nous nous approchons d'un sanctuaire shintô. Le Kumano Sanyo Jinja est un veilleur près du rivage. À cette heure, il est fermé. Peu importe, il n'y a rien à voir dans les sanctuaires shintô. Ils sont le réceptacle de forces qu'on ne saurait représenter (ou si rarement). Le centre irradiant où le miroir est enfermé (sauf exception) demeure interdit, même à l'empereur. Avant toute demande, il faut frapper des mains pour attirer l'attention des kamis. Ce n'est pas qu'ils soient indifférents à notre condition, mais on les suppose occupés ailleurs, ayant comme nous des passions ou des lassitudes. Ensuite, chants, danses, prières, offrandes... permettent d'alimenter la conversation. On connaît.

Devant l'exaltation de la beauté sensuelle des

danses kagura en l'honneur des kamis, on peut en déduire que les goûts des kamis ressemblent aux nôtres et, de là, après un demi-tour, considérer les divinités comme une projection de notre psychisme. C'est une hypothèse sérieuse que les Grecs suivis des Latins avaient envisagée. « La crainte a fait les dieux », a écrit Stace dans la *Thébaïde*. L'idée n'était pas en jachère quand le docteur Freud s'en est emparé pour l'habiller de science et — bien sûr — nous en « libérer ». Pas de chance, on a toujours besoin des dieux ! L'erreur n'est pas dans l'analyse, elle est dans la médication. Traquer le divin n'a donné qu'un monde désenchanté. Honorer une projection de notre âme est une sagesse qu'il était stupide de repousser. L'étape actuelle : concilier oblation et lucidité.

Aux portes de cet espace sacré, que l'ombre gagne, remontent en moi les heures passées depuis trente ans dans des sanctuaires shintô en union avec l'esprit de la nature dont il est inutile de savoir si la source est en nous, ou en elle. L'alchimie cherche le résultat. Recevoir le souffle que Tadao Takémoto a nommé avec Malraux la « confidence de l'univers » est un prodige suffisant.

Nous allons passer la nuit dans un îlot de beauté : un ryôkan (auberge) avec onsen (sources chaudes) choisi par Ikuko. Dans la chambre aux murs blancs, odeur de la paille de riz, mousse câline du thé vert, kakémono à fleurs d'iris. On est aussitôt lavé du bruit.

« Le sashimi n'est pas du poisson, c'est de l'harmonie », m'avait dit Tadao Takémoto. Voici donc, servi dans la chambre, une harmonie de blancs, de roses, de rouges, peinture de chair, caresse du palais. Le saké comme une rime insistante. La nuit sur le tatami offre une paix que je n'ai rencontrée ni dans la Chine emportée par son énergie adolescente, ni en Inde trop métaphysicienne pour se satisfaire d'une simple combinaison de signes sur lesquels les mots n'ont pas de prise.

Derrière les fenêtres en papier, les étoiles devenues nipponnes veillent sur le bon équilibre entre l'humain et son contexte. J'entends la mer derrière les feuillages.

« Le saule
peint
sans pinceau. »

SARYÛ

Romancier, poète et épistolier d'une fécondité exceptionnelle, Saikaku Ihara est né à Ôsaka en 1642 en une époque où le Japon, après plus de deux siècles de guerres civiles, était dirigé d'une main de fer par les shôguns Tokugawa qui fermèrent l'archipel aux influences extérieures jusqu'à l'ouverture brutale de l'ère Meiji, deux siècles plus tard. À quarante-deux ans, après avoir écrit des milliers de vers, des contes et des romans, Ihara se met dans la peau d'une femme et publie *Vie d'une amie de la volupté*, journal d'une courtisane lettrée. Ce texte est une mine pour comprendre la mentalité japonaise de cette époque. Au sein d'une société hiérarchisée aux codes rigides, circule un érotisme allègre, associé à chants et poèmes, exempt des miasmes de la culpabilité. L'héroïne est amère, non d'avoir vendu ses grâces (on peut les nommer autrement), mais d'avoir baissé dans la hiérarchie des courtisanes, d'être passée du rang de *tayu* à celui de *tenjin* puis de *kakoi*. Rien de mal à honorer une « tige de jade » à condition que son propriétaire ne soit pas de basse caste.

Un jour, prétextant contempler les fleurs des cerisiers du jardin, elle franchit la porte d'un temple bouddhique. Elle y pratique sa *religion*, comme elle le dit gentiment, avec les bonzes, change de paroisse, poursuit son art nocturne dans les senteurs d'encens rythmées par les coups de gong et les récitations de sûtras. Le rôle d'un bonze au Japon (beaucoup sont mariés) est d'être un bon professionnel, notamment à l'occasion des rites funéraires. Pour le reste, on ne met pas trop de morale.

L'« amie de la volupté » a la bougeotte. Sans nous arrêter sur ses nombreuses expériences ou ses remarques concernant la hâte des hommes (un des universaux), notons qu'il lui arrive d'être curieuse de la variété de ce monde *flottant* que l'on a coutume chez nous, ailleurs également, de nommer le réel. « J'étais très affairée aux choses du lit sans distinction de jour et de nuit. Mais pour la fille voluptueuse le service est tout de même intéressant. Tantôt elle a affaire avec un commis de maison de commerce ou avec un ouvrier, tantôt avec un bonze ou un acteur. Elle s'amuse ainsi avec des clients de différente qualité. Elle n'y trouve cependant pas un plaisir particulièrement intense. Quand on pense à la courte intimité de chaque rencontre, qu'il s'agisse d'un homme qui plaise ou d'un autre pour lequel le cœur reste indifférent, on éprouve le sentiment du voyageur traversant en bac, jusqu'au moment où le bateau touche à l'autre rive » (V, 1).

Nous arrivons par une route de montagne à Hongu, au cœur de la péninsule. Le bourg n'est pas pittoresque : maisons et boutiques banales, quelques bâtiments modernes, mais la forêt l'enserre et lui donne un air de nid. Au pied d'un escalier bordé d'arbres qui monte au sanctuaire, s'étend une bâtisse en bois chargée d'accueillir les pèlerins qui veulent dormir dans un lieu rudimentaire. Quelques chambres nues, pas de chauffage, portes à faire coulisser avec soin et, au bout d'un couloir grinçant, une pièce aux parois recouvertes de galets de la rivière où prendre un bain brûlant dans une vasque elle-même en pierres que l'eau transforme en joaillerie. Horaire pour les dames, horaire pour les hommes, depuis que les Occidentaux ont jeté sur la mixité des corps nus un regard aussi égrillard que déplacé. Comprendre les autres ? D'abord regarder ses propres coutumes comme une fiction.

Il y a quelques années, Ikuko, Claire-Obscure et notre fille âgée de deux ans avions séjourné dans cette « hôtellerie ». Au cours de la nuit, j'avais reçu un des rêves les plus importants de ma vie. Une *voix* s'était élevée dans mon sommeil pour me lancer d'une manière impérieuse cinq mots sanskrits : *Ved* (Véda, le Savoir), *Vach* (la Parole d'origine), *Yog* (yoga, le Lien) et... J'avais été incapable de me souvenir des deux autres mots restés enfouis comme si je n'étais pas prêt à les recevoir. Peut-être ces trois injonctions me suffisaient-elles pour l'heure ? J'y voyais une leçon d'écriture : la nécessaire mise en branle des différentes possibilités de notre être, corps et esprit.

Aucun rêve cette fois.

Brume et pluie sur Kumano. Les revenants ont toujours été à l'aise au Japon. Les frôlements sous les arbres avec participation active de l'imagination laissent des traces autrement plus impressionnantes que les intrusions dans une lumière crue. Vivre avec des revenants élargit la vision. C'est comme pour les dieux : on ne cherche pas à savoir s'ils existent, on constate qu'ils se manifestent.

Des nappes de brouillard obstruent le chemin dans la forêt, s'en échappent avec des tournoiements d'oiseaux de proie.

Nous arrivons par un sentier dans une partie de la forêt où ont été reproduites les quatre-vingt-huit stations bouddhiques qui sont l'objet sur l'île de Shikoku d'un pèlerinage que certains accomplissent en plusieurs semaines. Ici, chaque étape étant séparée de quelques mètres, le pèlerinage miniaturisé peut s'effectuer entre deux rendez-vous d'affaires. Bonzai, ikébana, jardins secs participent de ce même génie japonais qui exprime le plus grand à travers le plus petit. N'y voir qu'une nécessité due à l'exiguïté de l'espace utile au Japon est une réduction qui, cette fois, ne dit pas l'essentiel.

> « Quand tu auras enfin visité
> Tous les sanctuaires de la terre
> Tu reviendras chez toi regarder
> La vie dans une goutte d'eau
> Déposée par la pluie d'automne
> Sur une feuille de bananier. »
>
> ÔE TÔMATSU

À chaque station le long du chemin qui monte et descend entre les arbres, les fougères et les touffes d'azalées, on découvre, posée sur un socle, la statue d'une des nombreuses déités du bouddhisme japonais. Certaines, comme Senju Kannon, métamorphose féminine du bodhisattva Avalokiteshvara (Guanyin en Chine), sont recouvertes d'une mousse d'un vert lumineux qui les réinscrit au sein de la nature d'où sont sortis nos dieux avec l'aide de nos désirs. Kannon se tient debout appuyée sur une pierre recourbée. Elle possède six bras de chaque côté, des mains en prière au-dessus du cœur et deux autres mains qui pourraient porter un bol. La végétation lui couvre le corps ; le temps a fait d'elle une déesse sous-marine habillée d'algues vertes.

Ikuko, qui se rattache à l'école shingon, va à son pas, fait ici une prière, dépose là une branche de sakaki comme elle le ferait au cours d'une cérémonie shintô. OGT, qui se rattache à une école sceptico-mystico-littérico-ironico... voyageuse, observe et prie au cœur d'une forêt devenue enchantée tandis qu'apparaissent des faisceaux de soleil. Chants d'oiseaux, crissements des pas, gouttes d'eau sur les déités, silence parfois qui accentue le flottement des choses.

Nuit dans une auberge traditionnelle située sur des sources volcaniques. Les eaux brûlantes venues de caches souterraines sont retenues dans une salle dont une partie est ouverte sur la nature. Le corps passe de la vapeur maternelle aux stries glaciales du vent des montagnes, de l'intérieur à l'extérieur comme le fait la respiration. Les dieux respirent-ils en nous ?

Par une journée ensoleillée nous circulons en voiture dans le massif avec un guide amical. Des flancs de la montagne descendent de nombreuses cascades qui apparaissent, de loin, comme une blessure de la roche au sang argenté. Ikuko dit que certaines cascades sont féminines, d'autres masculines. Je me lance :

— Celle-ci, élégante et fine, très dame, n'est-ce pas ?

— Non ! Raide comme un homme.

Je me mets à l'école. Les féminines s'évasent à leur base et, d'elles, se dégage une impression de légèreté. Les masculines s'élancent d'un mouvement que l'on peut qualifier de brutal ou protecteur, selon l'idéologie en cours. Certaines sont ambiguës pour ajouter de la complexité à la sexualité de la nature.

Notre guide nous fait descendre par un sentier jusqu'au pied d'une cascade qui est sans conteste féminine. Elle forme à la base un triangle séparé en son milieu par une roche. On peut l'admirer tête en bas, retrouver une forme que l'on croit familière, et dont le souvenir reste agréable.

Selon notre humeur, une cascade nous dit avec détermination l'éphémère ; avec douceur, la permanence. L'Orient a choisi l'éphémère, une perte incessante qui ne suscite aucune angoisse. Contempler une pierre ou, sur la vasque, les cercles toujours changeants de l'eau de la cascade procure une même sérénité. *C'est ainsi*. Siècles ou secondes obéissent au même mouvement qui depuis l'origine emporte constellations ou rires d'enfants. Divin tourbillon guetté par nos grimaces. Se libérer de l'obsession des causes est une sagesse qui permet une victoire du sourire. Nous le disons énigmatique chez les Asiatiques ; il est la signature de l'acceptation.

Par un saut, de pierre en pierre, je vais poser les mains à la base de la cascade. On peut imaginer sa violence comme un état provisoire, rage des hommes ou rage des vents entre des haltes pour le chant ou les germes. *Provisoirement*, un bon titre, débarrassé des illusions qui nous rendent amers.

Il y a six ans, au cours de notre séjour contre le mont Fuji dans le centre Rinri tenu d'une main généreuse par Toshiaki Maruyama, nous nous étions liés avec un « voyant » exceptionnel, de ceux qui donnent au-delà d'eux-mêmes, Kenji Yamaguchi. Six filles, un unique garçon, une rayonnante épouse ; l'ensemble comme une chorale. Très religieux, il nous accompagnait avec Tadao sur des sites liés à la mythologie japonaise où il chantait des *norito*.

Peu avant la fin de notre séjour, il évoqua la possibilité d'un *misogi* sous une cascade. Le misogi est un rituel shintô de purification par l'eau. Si le principe est universel, l'application singulière qui nous était proposée trouve sa source dans les mythes recueillis par le *Kojiki*. L'impétueuse Izanami forme avec son frère jumeau Izanagi le couple primordial de kamis à l'origine du Japon et de tous les kamis terrestres. L'un deux, Kagutsuchi, kami du feu, tua en naissant Izanami en lui brûlant son nénuphar (image). Tel Orphée avec Eurydice, Izanagi se rendit derechef dans le royaume des morts afin d'y rechercher sa sœur bien-aimée. Horreur ! Izanami était défigurée par la mort. Fuite du frère-amant poursuivi par quatre-vingts femmes effrayantes auxquelles il arriva à échapper. Il boucha l'entrée des enfers et se baigna aussitôt pour se laver des souillures de la mort. Ce fut le premier misogi. On en trouve une version simplifiée à l'entrée de chaque sanctuaire shintô : le bassin où se purifier les mains et la bouche avant de solliciter l'attention des kamis.

La version dure, dans cette culture où l'on aime les défis, consiste à recevoir tout le poids d'une cascade sur la tête, si possible d'une cascade bien haute et guerrière. Parenthèse : ce mythe fondateur montre combien le shintô n'entretient pas un commerce serein avec la mort et pourquoi il laissa le soin des funérailles au bouddhisme. Le shintô est une religion des souffles de la vie. La mort ? Une porte. Vers où ? On verra bien.

Donc, Kenji Yamaguchi nous dit qu'il nous sentait prêts. Il savait que Claire-Obscure avait déjà accompli ce rituel et que depuis des années j'aspirais à le faire. Au fond d'une forêt près du Fuji, la cascade élue était menaçante. Yamaguchi m'habilla de vêtements blancs et de chaussures en corde, cruelles pour les orteils, tandis que son épouse s'occupait de C-O. La violence de la cascade peut casser la nuque si ne monte en soi une force capable de l'équilibrer. Confiance indispensable. Le « lâcher prise » n'est plus une formule de salon. Yamaguchi récita un norito puis dit : « Maintenant, priez vos kamis. » *Mes kamis ?* J'ai prié la Vierge, j'ai bu une gorgée de saké, j'ai avancé dans l'eau, soutenu par Yamaguchi. J'ai reçu sur la tête la violence de la cascade. Ai-je tremblé ? Yamaguchi m'a laissé seul. J'étais aveuglé par l'eau. Jamais je n'aurais imaginé supporter une telle pression. D'où est venu le contre-poids ? Claire-Obscure était-elle comme prévu à côté de moi dans le vacarme assourdissant ? La force qui me soutenait venait-elle d'*avant* moi ? Je devenais lieu de passage, flux de la vie. Aucune peur. Oubli du temps. Aucune douleur. Était-ce moi ?

Yamaguchi est venu me rechercher. Dès que je suis sorti de l'eau, j'ai tremblé de froid. Il m'a dit : « Vous êtes resté vingt minutes. » « Non ! » « Si ! »

Agapes le soir. Ardente consommation du mariage du shintô avec le saké.

*

Lors de son dernier séjour au Japon en 1974, André Malraux s'était rendu à la cascade de Nachi sur les conseils du japonologue Bernard Frank dont les cendres reposent dans le temple du Tôji à Kyôto. Malraux était accompagné de sa shakti Sophie de Vilmorin et de son ami et traducteur, Tadao Takémoto. Sous les arbres cathédrale, pendant la longue descente qui conduit au pied de la plus haute et plus vénérée cascade du Japon, il avait été saisi par l'esprit des lieux. Il avait dit à T. T : « J'ai rarement été ému par la nature. » Il était resté longtemps silencieux devant le trait de lumière de la cascade en pensant à l'œuvre de la période Kamakura au musée Nezu qui la représente, et en se laissant aller à des improvisations verbales dans lesquelles les Japonais qui en ont été témoins ont senti une inspiration « divine ». Mais mots et images sont sortis dans un tel désordre que seuls les arbres ont pu en saisir le sens. Moins que l'Inde mais, quoi qu'on dise, plus que la Chine ou l'Indochine, le Japon aura marqué le *regard* d'André Malraux. Regard, car chez lui vue, vision et expérience précèdent le raisonnement. On comprend l'agacement qu'il suscita chez les prétendus philosophes qui jouent avec les concepts en dehors du vivant.

Malraux n'a jamais répété la ritournelle paresseuse (paresse = péché capital) : le Japon n'est qu'un imitateur. Il a saisi combien le Japon se distingue de la Chine. Les perroquets (ils pullulent malgré les efforts de Philippe Barthelet pour les étrangler) ne répètent pas que la France doit tout à Rome. La ritournelle est due au fait que grâce aux Jésuites, l'Europe s'est intéressée à la Chine tandis que le Japon des Tokugawa se refermait sur lui-même pour deux siècles autour d'une civilisation originale et prospère que nous n'avons pas cherché à comprendre. Quand, après son « ouverture » faite de manière excessive (les Japonais coutumiers des excès malgré les nuances de leur art), l'Occident découvrit sa culture, elle fut admirée pour quelques aspects, alors que des pans entiers restaient dans l'oubli. Ainsi, le *Kojiki*, Saigyô, Dôgen, Myôé, Zéami, Sesson, Musashi... ou le *Genji Monogatari*, vénérable roman écrit au XIe siècle en hiragana par une femme : Murasaki Shikibu, tous ces noms, d'autres encore, furent-ils ignorés. Aujourd'hui, on néglige le shintô ou le shingon tandis que le zen est accommodé à toutes les sauces.

Par politesse et, plus encore, par goût de ne pas voir altérées certaines de leurs valeurs, les Japonais ne nous ont guère aidés dans nos choix. Vous aimez Hiroshigé, très bien, nous gardons Mou'ki pour nous...

Rien d'important au Japon n'est donné du premier coup. Que de préparations, d'introductions, d'attentes pour découvrir certaines œuvres d'art, le cœur d'une jeune fille, un jardin privé ou le plus raffiné des restaurants ! Le Japon est l'anti-Amérique. Dès les premiers pas sur une des îles de l'archipel, avoir en tête ces deux vers de Zéami (1363-1443), le créateur du théâtre Nô qui fut d'ailleurs exilé par le shôgun avant sa mort pour avoir refusé de lui livrer le « secret » de son art :

Hisureba hana nari
Hisezuba hana naru bekarazu.
« Cachée, la fleur est présente,
Découverte, plus de fleur. »

Expliquer la cérémonie du thé ou un jardin sec sont des aberrations. Les Japonais nous regardent en souriant leur enseigner qui ils sont. *Sodeska !* C'est donc ça ! s'exclament-ils pour nous faire plaisir quand on décortique leurs poèmes, leurs danses, leur mentalité, leur érotisme et tout le tralala. Ensuite, ils vaquent. J'en ai connu qui ricanaient.

Quand les ratiocinations et les blablavasseries auront étouffé nos élans créateurs, penser à redécouvrir l'art du secret.

Bien qu'il se soit parfois embourbé avec son génie verbal de comparaisons péremptoires, Malraux a compris au Japon la vertu du voile. Il aura également été fasciné par la relation du Japon avec la mort volontaire, un acte de purification. Où l'on ouvre un autre aspect du Japon : l'éthique du samouraï qui érige la mort donnée ou reçue en valeur suprême. Descendant par la main gauche de la chevalerie médiévale, Malraux savait combien la mort peut être un art lié au sacré.

*

Nous retrouvons à Hongu l'hôtellerie pour pèlerins qui dépend du sanctuaire. Cérémonie shintô de l'aube : chants, offrandes, rituels des corps qui mettent en relation avec les ondes de la nature. L'étranger est invité à participer, à déposer la branche de sakaki devant le kami, car cette communion est ouverte à tous. Le grand prêtre nous reçoit vêtu de son costume le plus solennel. Après des formules d'une exquise politesse qui permettent à chacun de se situer, de se sentir et d'établir les bases d'une relation, je sors mon lot de questions.

Nous commençons par l'historique du lieu, l'importance des fêtes et des pèlerinages. La propriété du sanctuaire étant héréditaire, comme le sont également la plupart des temples bouddhiques, le grand prêtre a été formé par son père qui lui a appris qui fallait avant tout « ressentir » et se méfier de l'intellect. Il évoque Izanami. Dans ce sanctuaire, elle est bienveillante. Ailleurs, il lui arrive de se mettre en colère, à cause de ses règles, dit-il. Bien qu'il ne rencontre presque jamais un étranger, il a conscience que le shintô est mal compris hors du Japon. On le classe parmi les religions, alors qu'il est un *art*, un art du respect de la vie, la vie, *inochi !*, répète-t-il. Le shintô n'est pas un système, il propose simplement une communion avec la nature. Accès direct. Oui, les chants et danses plaisent aux kamis, mais le but principal est de nous aider dans notre relation avec eux. Ensemble !... Il reprend : le riz, les arbres, les enfants sont des dons de la nature. Restons liés à elle. Le monde moderne a rompu le lien. Il faut le retrouver, être humble devant la nature, savoir la remercier... Je lui demande : et après la mort ? Je sais combien cette question gêne les shintoïstes. Il dit que la semence spirituelle laissée par quelqu'un subsiste. Ne nous préoccupons pas de ce passage. Apprenons à mieux vivre, à aimer.

Marche solitaire dans la montagne. Le travail des muscles décante. Après deux heures d'arbres et de mousses, la cérémonie du matin l'emporte sur les mots, fétus de paille.

La forêt est sans âge et sans apprêt. Si j'étais allemand, je dirais : elle est ! Si j'étais moine zen, j'exprimerais la forêt d'un trait léger et décisif, sans oublier d'en rire. Si j'étais rousseauiste, j'y mettrais du sentiment (le shintô y met des kamis, c'est différent). Je constate : l'esprit du Japon provient de ses forêts. Celui qui reste cantonné aux plaines surpeuplées ignore combien cette immense réserve sauvage est présente dans l'imaginaire de chaque Japonais. On peut lâcher avec bonne humeur l'expression d'inconscient collectif. En Inde, trop de montagnes blanches et rouges, de plateaux desséchés, de fleuves sacrés, de jungles (elles disparaissent) pour qu'un caractère physique la détermine en dehors de la mousson, leçon d'impermanence dont la violence pousse au détachement.

Plus haut sur le chemin escarpé, un torii annonce un sanctuaire shintô qui aussitôt japonise la forêt. L'intemporel n'a pas duré.

Descente vers la plaine de Hongu. Jadis, un vaste sanctuaire avait été construit le long de la rivière qui l'a emporté. Un torii mastoc en ciment rappelle inutilement sa présence. Il aurait été préférable qu'il subsistât dans le seul souvenir qui est, jusqu'à nouvel ordre, une table trois étoiles pour la création.

Pays voué à la déesse solaire Amaterasu, le Japon cultive aussi la nuit des spectres.

YAMABUSHI

Remets au saule
tout le dégoût,
tout le désir de ton cœur.

BASHÔ

Yamabushi est formé de deux idéogrammes, *yama* la montagne et *bushi*, se prosterner. Le but est de saisir l'univers depuis la pointe des pieds jusqu'à la pointe de l'âme. Les yamabushis sont liés à un bouddhisme mâtiné de chamanisme. Dès l'origine ils ont erré dans les forêts, guérissant et jetant des sorts à l'occasion. Leur ascèse leur donnait des « pouvoirs » (comme en possèdent les sannyâsins) sur les démons ou microbes qui nous perturbent. L'usage qui en est fait, bon ou mauvais, reste à leur merci. Je n'ai rencontré que des yamabushis bienveillants. Certains se donnent entièrement à ce mode de vie d'une extrême rigueur ; ce sont des professionnels chargés de former les nouveaux adeptes. D'autres ne pratiquent qu'à temps partiel avant de retourner purifiés dans familles et entreprises. Le rituel s'accomplit seul après une formation, ou en groupe. Il peut durer une journée, une semaine, voire un mois ou plus. Pour l'étranger qui n'a jamais pratiqué, ce sera une journée ; on le dispensera des cruelles chaussures à cordes et du costume, pourtant seyant, qui viendrait de Sibérie : pantalon blanc serré aux chevilles, tunique, grelots, gants, chapeau conique ou, sur le front, une calotte noire qui a un air de philactère juif.

Notre groupe est formé d'une trentaine de marcheurs des deux sexes et de tous âges. Il est conduit par un moine bouddhiste à la tenue impeccable. Il possède une énergie qui fait bouger les montagnes (mais pas les distances) et une intuition qui lui permet de dire après un coup d'œil : toi, tu y arriveras ; toi, tu auras du mal ; toi, tu t'arrêteras au milieu. Ikuko et moi sommes les seuls débutants.

À l'aube, le ciel est clément grâce aux prières de la veille qui ont fait mentir la météo. Quand les premiers rayons du soleil apparaissent, nous commençons par une prière près de l'orgueilleux torii. Première épreuve : traverser la rivière glaciale avec de l'eau jusqu'à la ceinture. De jeunes hommes sont chargés de soutenir les plus âgés. Pendant toute la marche ils accompliront des va-et-vient le long de notre groupe afin d'aider discrètement ceux qui ahanent.

Trempés et transis, on se rassemble. Recommandation du moine : dans quelques heures, nous redescendons vers une route où des voitures prendront les marcheurs épuisés. Ensuite, plus de recours. Ce sera marche ou crève ! (Traduction simplifiée alors que la langue japonaise pratique d'élégants empaquetages.) L'étranger se redresse. Il est dans l'obligation de ne jamais fléchir ; cette obligation est, on le sait, le meilleur moyen d'atteindre le but. On me regarde à peine, c'est-à-dire que je suis dévisagé, mais à la japonaise, derrière des volets. L'ai-je assez dit ? Les manières japonaises sont obliques. Et les chemins nippons, étroits ou larges, toujours sinueux.

Longue sonnerie d'une conque blanche dans le matin calme. Les marcheurs s'ébranlent en file indienne dans un ordre rigoureux. Montées, descentes, escalades. Parfois un arrêt pour une prière bouddhique devant un torii. À nouveau l'appel de la conque. On repart comme un seul corps. Montées, descentes…

S'il s'agissait seulement de l'ascension d'une montagne ! Nous avons à traverser tout un massif qui a été modelé par un artiste amateur d'angles. Dès l'arrivée sur une hauteur, il faut redescendre à travers cryptomères, frênes, bosquets de bambous, camélias, fougères, racines et plantes inconnues. Parfois une trouée dans la végétation permet une somptueuse vue sur l'étendue de la forêt, les étagements, les nuages accrochés aux cimes, le tranchant d'une cascade, les vallées en entonnoir. Impossible de s'arrêter, ce serait rompre le rythme. On n'est pas là pour admirer, on est là pour recevoir le suc de la terre. Et pour remercier. Pas de sentimentalisme. De l'épreuve ritualisée.

Le groupe s'est distendu. Parfois le son de la conque annonce que la tête est loin, plus haut, plus bas, tandis qu'à contre-courant, les jeunes gens vont aider l'arrière-garde. On s'accroche aux racines dans les montées, on glisse sur les talons, parfois sur les fesses. Si le corps s'affale sur la terre, elle réconforte. La terre est tranchante et douce, pierreuse et femelle, impitoyable aux pieds, agréable à la vue, mobile et immobile. Sous les amas de pierre, attention aux serpents. Attention également à ne pas se retrouver seul sur ces sentiers qui parfois disparaissent dans la végétation. Il arrive que des yamabushis se perdent et ne retrouvent une route et une maison qu'après un, deux, trois jours de marche. Les nuits solitaires sont redoutables au milieu des parties les plus sauvages du massif. La conque donne une direction souvent illusoire dans le labyrinthe végétal d'une nature indifférente à nos supplications. Ce n'est pas un combat contre elle, c'est une purification qui exige vigilance et soumission.

Un rayon de soleil qui a traversé la couche végétale rend flamboyante une pierre posée sur des mousses.

— À genoux, incrédule !

— Je… je… le groupe est si loin…

Quand le soleil est à son zénith, une halte est prévue pour se sustenter. Chacun grignote en silence son casse-croûte alors qu'on est compté et recompté. Le compte est bon. Personne ne s'est égaré dans les enlacements d'une végétation dont l'âme, bien réelle, est un alliage de vie et de mort. Cette marche nous confirme que nous cherchons bien des choses en vain.

Longue sonnerie de conque qui s'enroule sur un pan de roche. On se relève, on prie, on repart. Aïe ! Les jambes avaient pris goût au répit. Nous entreprenons une descente cruelle aux muscles. La « philosophie par les pieds » émet des couinements. Un ravin, des éboulis, une épreuve, une montée...

S'il est difficile pendant la méditation de faire le « vide » des pensées, ici la gageure est de rester exclusivement concentré sur ses pompes. Statue de sel si l'on envisage la distance qui reste à parcourir avant la fin du jour ! Chaque pas doit être vécu comme le dernier.

Ainsi passent les heures, les grimpades et les glissades. Au crépuscule, les verts broient du noir, le souffle manie la hache. La peau a été râpée par des passages sous des roches qui sont une épreuve permettant de revivre notre naissance. Rampe et ne psy pas ! Remue-ménage dans le grenier de la mémoire.

Nous nous retrouvons Ikuko et moi avec la nuit alors que pendant l'après-midi chacun est allé à son pas. Nous avons des morceaux de montagne dans les chaussures, sur le visage, dans les cheveux. Quelle sera la place de celui que nous garderons ? Nous descendons vers le temple qui est l'étape ultime. Le moine en chef nous gratifie d'un discours plein d'humour. Sa tenue est restée impeccable comme s'il n'avait fait que le tour de son jardin. Un jeune homme se présente : il a été envoyé du Takashiho par le grand prêtre Goto afin de me saluer de sa part. Il s'incline, s'éclipse.

— Dites-moi, Ikuko, il n'est pas venu du fond du Kyûshû pour une courbette et un demi-tour ?

— Mais si ! Le grand prêtre Goto a voulu ainsi marquer l'importance qu'il attachait à notre marche. Comme il n'a pas pu se déplacer lui-même, car il présidait aujourd'hui une cérémonie, il a envoyé son principal disciple qui va profiter de la nuit pour rentrer. Rien d'extraordinaire.

Des autobus attendent les marcheurs sur une terrasse à quelques centaines de mètres au-dessus du temple où des déesses descendues d'un village voisin offrent une soupe brûlante.

CET ÉTRANGE PAYS DONT LE VISAGE NOUS SEMBLE FAMILIER.

Après tant d'autres j'ai essayé de dire ce besoin de fixité au cœur de l'impermanence, ce désir de refuge dans une île oubliée à l'écart du torrent. Faute de mieux, je me suis demandé s'il n'était pas possible de guérir du temps par l'espace, en substituant la multiplication à la prolifération et en condensant l'univers dans un seul point focal.

JEAN GRENIER
Miroirs

Dans l'ancien Japon, lumière et reflet étaient nommés de manière identique.

*

On croit traduire, on ne traduit qu'un fragment du mot. Femme, soleil, mort, pudeur, temps, rituel... ont des sens qui nous échappent. Aborder une culture en nous demandant : quels sont les mots intraduisibles ?

*

La difficulté que nous avons à entrer dans les raisons de nos proches nous prouve combien nous sommes loin de pouvoir comprendre une autre culture sans la tirer vers notre espace.

*

Mono no aware recouvre un sentiment éprouvé aussi bien devant le spectacle de cerisiers en fleurs qu'à la vue d'un navire en partance qui s'estompe dans la brume.

*

Tadao Takémoto : « L'attrait pour l'ombre, *kagé*, est primordial pour nous. Ombre, mais également vision, reflet. Plusieurs mots commencent par *kag : kagérô*, la vapeur qui monte de la terre, *kagami*, le miroir qui renvoie la *kagé* de la personne qui le regarde. Les Japonais aiment saisir le monde à travers un reflet, une ondulation. Le *kasumi gata* de l'art des jardins exprime l'effet du brouillard sur un paysage vu, par exemple, à travers des branches de pin. Les formes ondulantes du sable d'un jardin sec participent de la même esthétique. »

*

« Comme ce paysage baigné de soleil est beau ! » dis-je à un Japonais. « Ah ?... »

*

Myo veut dire merveilleux. C'est la clé de l'idéogramme femme.

*

Vivier du *ki :* l'énergie, l'âme, la volonté, le souffle vital, le tempérament, l'esprit, la santé, etc.

*

Les Japonais viennent si souvent sur notre terrain que nous avons la naïveté de croire qu'ils nous ont compris. Le naturel et l'artificiel n'ont jamais les mêmes positions que chez nous.

*

Ce qui, dans nos cathédrales — ou dans les temples hindous bâtis selon un mandala —, forme un ensemble structuré se trouve, dans les temples bouddhiques japonais, dispersé en plusieurs bâtiments. « Où est le centre ? » « Quel centre ? »

*

Les Nippons ne connaissent pas la poutre maîtresse. Il n'y a pas un essentiel autour duquel s'organiseraient des détails. Cela, aussi bien dans les créations que pour les idées. L'étranger qui traite de « détail » l'élément d'un ensemble sera aussitôt considéré comme négligent, une tare. J'en ai troublé, agacé, épuisé, humilié des Japonais, en leur demandant une réponse qui soit une synthèse.

Quant aux « idées pures », dont nous nous sommes régalés du côté de l'Arachthos, du Tibre, de la Seine ou du Rhin, elles sont pour un Japonais aussi insaisissables que, pour nous, le « vide ».

*

J'ai souvent pensé à cette phrase de Sei Shônagon citée comme une chose délicieuse par un grand écrivain amateur d'Orient : « Manger des fraises dans l'obscurité. » J'en ai imaginé les plaisirs ; je les ai vérifiés. Le rouge d'une chair fondante sur des lèvres patientes qui découvrent un léger duvet avant une pulpe généreuse, cette suavité d'une couleur de feu dans l'obscurité, n'était-ce pas point là une sensuelle manifestation du raffinement japonais ?

Dame de compagnie de l'impératrice (ou princesse) Fujiwara no Sadako, née à la fin du Xe siècle, Sei Shônagon a donné dans ses *Notes de chevet* un témoignage unique de la vie à la cour Heian (Kyôto). Elle avait la manie des classements. Ainsi n'a-t-elle cessé dans ses *Notes* de dresser des listes : « Choses qui frappent de stupeur, choses splendides, choses excessivement effrayantes, choses qui ne font que passer, choses que l'on ne peut comparer, choses qui emplissent l'âme de tristesse, choses difficiles à dire, choses qui sont éloignées bien que proches, choses qui sont proches bien qu'éloignées, choses qui ne s'accordent pas, choses auxquelles on ne peut s'abandonner », etc. Ouvrant son recueil, je guette le plaisir de ces fraises en rouge et noir. Je les cherche au sein des « choses rares, choses qui ont une grâce raffinée, choses charmantes » et dans toutes les listes qui procurent une satisfaction. Rien ! Je les trouve dans les « choses peu rassurantes ». Explication : dans l'obscurité, on risque de manger une limace cachée parmi les fraises.

Après cela, se souvenir que dans leur voyage jusqu'à nos consciences lointaines, des fraises, mais également un rocher dressé sur du sable, une pivoine, un nuage ou un sourire se retrouvent à l'envers. Si les doctes s'en offusquent, les poètes apprécieront les malentendus qui sont une des formes de la création. Au gré des abeilles ou du vent, la pollinisation. Continuons à manger des fraises dans l'obscurité.

*

Un jour, un prêtre shintô a montré à Tadao le paysage qui s'étendait en dessous du sanctuaire, et lui a dit : « Il n'y a rien, rien, rien. »

*

Rituel tenu secret : des prêtres shintô vont recueillir dans la montagne une source d'énergie (est-ce une branche, un souffle ?). Ils redescendent au sanctuaire et transmettent cette énergie aux champs de riz.

Dans le même esprit de fertilisation, l'empereur du Japon cultive encore de nos jours du riz dans l'enceinte du palais impérial de Tôkyô.

Le shintô nous dit que la nature possède une conscience somme toute semblable à la nôtre.

*

« Il n'y a qu'une âme purifiée qui comprendra l'odeur de la rose. » Paul Claudel dans *L'Oiseau noir dans le soleil levant*, où ce solide catholique parle du shintô mieux que tout autre.

Purification, maître mot du shintô. La mort, le mensonge, la saleté, la lâcheté… sont impurs. Pas le sexe ni l'alcool, pas l'argent ni le pouvoir.

*

La nature sacralisée telle que le shintô l'exalte finira par intéresser l'Occident et l'aidera peut-être à éviter la catastrophe écologique dont les ingrédients sont mis en place avec obstination et méthode.

Le shintô est également lié à des mythes qui, comme partout, sont complexes, contradictoires, riches d'enseignement si on renonce à les disséquer. Mais le shintô n'a pas évité les dérives macabres. Pendant la période noire du Japon, beaucoup de sanctuaires ont soutenu avec cécité le nationalisme. Il en reste des traces que le blanc immaculé du vêtement des prêtres a du mal à purifier.

*

Le « sens de l'Histoire » est inconnu des Japonais. Aujourd'hui certains l'ont attrapé comme une maladie coloniale.

*

S'il n'est pas facile de comprendre pourquoi la Chine qui avait en héritage Confucius et le Tao a éprouvé le besoin d'accueillir le bouddhisme (avant de le persécuter, d'y revenir, de l'oublier, de le retrouver, d'essayer de le supprimer...), il est assez clair que le bouddhisme du mâhâyana, venu de Chine via la Corée, a apporté au Japon un *humanisme* et un sens de la spéculation qu'il ignorait, et qu'il a accueillis avec bonne humeur. Il l'a peu à peu japonisé, à son pas, de Nara à Kyôto, Kamakura, Nikkô… en le mêlant au shintô ; les cloisons japonaises sont en papier. Un musée de la clé est impensable au Japon.

*

L'« esprit d'orthodoxie » est absent des mentalités japonaises. L'Occident a été subjugué par le principe qu'il existe *une* vérité. Cette clôture nous a longtemps empêchés d'apprécier les autres religions ou modes de vie. D'une souplesse chorégraphique devant la question du « pourquoi ? », le Japon n'est rigide qu'avec le rituel.

*

Si l'on n'aime pas le poisson cru, les pousses venues de la forêt, les algues, le saké (tiède ou glacé), le thé vert, le shintô, si l'on trouve que les conventions sociales sont une atteinte à la liberté, que le raffinement est une afféterie, qu'il y a du mépris dans la distance, que s'incliner est une marque de faiblesse, que tout doit être étalé, qu'un rocher n'a pas d'âme, je conseillerais plutôt un séjour au Texas.

*

Au cours d'un dîner au Japon, pas de dialogue, cet art grec. Des séries de longs monologues. Une repartie saillante fait tourner la sauce.

Il est indélicat de parler de sexe ou de politique. Pauvres Gaulois !

*

Le pire au Japon : le sans-gêne. Sei Shônagon dans la liste des « choses détestables » : « Un homme sans talent, qui parle beaucoup, à tort et à travers comme s'il savait toute chose. »

*

Je demande à de jeunes Japonaises : « Par quoi avez-vous été étonnées en France ? » Réponse : « Les races multiples, le nombre de chiens, les amoureux qui s'embrassent dans la rue, la couleur des vêtements, être invitées par un homme qu'on connaît à peine, qu'il faille avoir une opinion sur chaque chose... »

*

De l'Hokaïdo à Okinawa, j'ai donné pendant mes séjours plus de vingt conférences devant des publics qui, deux ou trois fois, ont dépassé le millier de personnes. J'ai parlé de notre littérature, de Malraux, de De Gaulle, de notre Moyen Âge, de l'image que nous avons du Japon : clichés et lacunes, des valeurs qu'il peut nous apporter. J'ai également essayé de mettre en garde les Japonais contre la fascination qu'exerce sur eux la plus mauvaise part de l'Occident, de les encourager à rester fidèles à leurs racines. Je l'ai fait en établissant une opposition tranchée entre la culture traditionnelle et les choix mortifères du régime militariste. Un talent manque aux Japonais qui ne comprennent pas qu'une critique peut être constructive. Pour beaucoup, nationalisme et tradition se confondent. On ne saurait prendre l'un sans l'autre. *Dialectiké* est un mot grec. J'ai parfois suscité des réactions stupides de la part des milieux « progressistes » : « Vous aimez Mishima, donc vous êtes réactionnaire. Vous défendez l'institution impériale, elle ne sert à rien. Le shintô est une vieillerie qui n'a plus de sens aujourd'hui, etc. » Dans les milieux « traditionalistes », on m'en voulait de parler des « criminels de guerre ».

Devant l'impossibilité de faire le tri, les Japonais se coincent les doigts avec leur histoire. C'est ainsi qu'il faut comprendre l'affaire du sanctuaire Yasukuni où l'on honore le général Tôjô au milieu des autres combattants.

J'ai aussi dit combien le miroir caché dans les sanctuaires shintô nous intriguait. Ils s'en sont étonnés. Parlant des sanctuaires, je les ai comparés à un creuset alchimique. Je n'ai pas été compris.

Questions à la fin de mes conférences : « Individualisme, ça veut bien dire égoïsme ? » « Est-ce que le sacré c'est l'amour ? » Ou, d'un traducteur : « Endimanché, est-ce bien un terme pour dire élégant ? »

*

Comme s'ils étaient toujours en train de passer un examen.

*

« De tous les peuples jusqu'ici découverts, celui-ci [le peuple japonais] est sans doute le meilleur. » Saint François Xavier, arrivé au Japon en 1549 pour l'évangéliser après être passé en Inde et en Malaisie.

En 1597, une vingtaine de prêtres étrangers et de catéchumènes ont été crucifiés à Nagasaki. En 1638, dans la péninsule de Shimabara, plus de trente mille chrétiens furent massacrés. On n'entendra plus parler de la croix avant l'ère Meiji.

Le Japon est une zone volcanique.

*

« Ah ! le silence
et vrille et vrille le roc
le cri des cigales. »

BASHÔ

*

La femme japonaise est un chef-d'œuvre. Il s'effrite. La Japonaise pratique une féminité à la sexualité cachée. Derrière l'écrin, une grande sentimentalité.

Elle naît mère et ne devient épouse ou maîtresse qu'en passant.

Elle regarde les passions des hommes (pouvoir, argent, sexe, alcool...) comme les caprices d'un enfant.

Elle sert le saké à genoux comme si elle donnait la tétée. Elle met à l'hôte une serviette autour du cou comme elle lange.

Certaines pratiquent le sexe comme elles soigneraient un rhume. Celle-ci dorlote son mari, le professeur M., quand il rentre saoul d'un lieu de plaisir.

Elles semblent sorties d'une machine à laver qui serait également une boîte à musique.

La jeune fille n'a suscité aucun mythe.

Prendre de l'âge pour une femme, c'est gagner en art.

Dans un dîner de gala, préférer une jeune hôtesse à celle qui a de l'expérience est un manque de goût que les Japonais se gardent de signaler aux étrangers.

Aucun pays développé n'a maintenu comme au Japon une si grande différence entre le monde des femmes et celui des hommes. Dans ce pays masculin et guerrier, les femmes portent la bonté et l'art. Point de traits d'esprit, de malices, d'aguicheries, apanages de la Française (entre autres), mais la poésie, le chant, la danse, le regard soumis (leur cœur n'est pas leur regard).

Beaucoup de jeunes filles d'aujourd'hui ne veulent plus de ce modèle. Elles sont une aubaine pour les Occidentaux à qui elles demandent de les délurer. L'Occidental se régale avant de tomber dans le panneau de l'apparente soumission. Il aurait dû se souvenir de ses arrière-grands-mères.

À Ôsaka, sur le corsage d'une jeune Japonaise avec minijupe et colifichets de Mickey : *Born free.*

On apprend plus le Japon avec une Japonaise que l'Inde avec une Indienne parce que le Japon forme une société ; l'Inde est une addition.

*

Passer de l'Inde au Japon, c'est traverser cinq mers et deux millénaires.

L'Inde. La métaphysique. La mise en mots des étages de la conscience ; chaque élément subdivisé.

Pays riche, convoité, morcelé, colonisé par les cavaliers descendus des montagnes de l'Hindu Kush ou les marchands armés de l'Europe. Langues, ethnies, castes, paysages... déclinés jusqu'à épuisement.

Joyaux dans les temples : la yoni et le lingam. Atome : le bindu. Souveraine : la shakti.

On recommencera en une spirale infinie à tirer des idées et des images d'une réalité illusoire. On vous dit un mot, il est déjà parti en fumée.

Le temps y est cyclique, l'espace illimité. On prie comme on respire, on additionne, on meurt comme on voyage.

Dieu est dans le vide et la semence, dans le feu et la danse.

On ouvre les portes aux rouges, aux odeurs, aux vents, aux pluies, au lait, à la jouissance.

Ici le Bouddha silencieux, là Shiva dansant.

Le Japon. Les éléments non les spéculations.

L'effort, jamais l'abandon. Observation, concentration, maîtrise — fragments. On évide, on arrive à un seul trait, on y voit l'univers.

Pays de guerriers, de jardiniers, d'écoliers studieux. Une seule langue, un seul peuple, un orgueilleux isolement pendant des siècles. On s'engage, on tiendra. On meurt pour ne pas faillir.

On célébrera une feuille qui tombe. Le silence partagera le dernier mot avec l'ombre.

On avance. Où va-t-on ? On y va !

Ici une pierre sacrée, là un miroir caché.

*

« Laisser les mots rêver sur les mots » Bashô.

LA PUDEUR DES FLEURS DE CERISIERS

Multiplier mille fois le corps pour voir les fleurs s'épanouir et s'unir à elles une à une sur toute branche en toute montagne.

SAIGYÔ
Vers le vide

À la question de savoir pourquoi les fleurs de cerisiers, *sakura*, fascinent à ce point les Japonais, il serait japonais de laisser flotter la question au gré des bises et des saisons. Le fils de l'Hellade n'a pas cette sagesse. Mais il ne dissertera pas sur leur incontestable beauté. Elles sont plus charnues et plus colorées que les nôtres. Elles annoncent le printemps qui est, avec l'automne des chrysanthèmes impériales, la plus agréable des saisons de l'archipel. Comme elles ne tiennent que quelques jours, elles ont un lien avec le sens de l'éphémère développé par le bouddhisme, et servent d'emblème aux samouraïs dont la vie ne tient qu'à un fil. Leur éclosion suscite chez les Japonais une frénésie qui s'exprime par fêtes, poèmes ou nuits blanches passées à guetter leur ouverture.

Après la marche avec les yamabushis : bière, onsen caressant et contemplation de la lune en son déclin. Nous sommes ensuite partis en voiture vers le nord à travers d'imposants paysages, nous avons deviné au loin le mont Kôya, un des centres du bouddhisme shingon où veille Kûkai (Kôbô Daishi, 744-835) dans le plus serein des cimetières au bout d'une allée de lanternes.

Nous sommes arrivés à Yoshino (préfecture de Nara), célèbre pour son énergie spirituelle, son histoire, ses vieilles rues, ses temples et surtout pour les cent mille cerisiers que l'on vient admirer de toutes les îles de l'empire. L'artiste Ikuko nous fait descendre dans un ancien monastère devenu hôtel, le Chikurin, dont le magnifique jardin est attribué au plus vénéré maître de thé, Senno Rikyû, qui en a renouvelé l'art de la cérémonie, le *chanoyu*.

Trois principes devaient, selon lui, présider à son déroulement : *shu*, protéger, *ha*, briser, *ri*, aller au-delà. Nous pouvons, selon notre nouvelle habitude de penser, y voir une bonne dialectique qui devrait être le mouvement naturel de toute création. Dans les arts plastiques ou dans la musique, l'époque contemporaine, qui avait vu s'effondrer tous les repères traditionnels, s'est jetée dans le *ha*, une déficience. Privé du *shu*, le *ha* est vain ; privé du *shu* et du *ha*, impossible d'atteindre le *ri*. Erreur contemporaine : croire que le surprenant est génial. Si le génial est toujours surprenant, le surprenant a besoin de ciel et de spectres.

Après avoir servi l'impitoyable conquérant que fut Toyotomi Hideyoshi, Rikyû lui déplut et dut se faire seppuku en 1591. Qu'un grand maître de la sérénité et de la subtilité se soit volontairement affaissé sur les boyaux qu'il avait, d'un coup de dague décisif, fait jaillir de son ventre, est paradoxe à nos yeux, grandeur ici.

Méditation assise dans le jardin du Chikurin. L'eau, les roches, les pivoines, les touffes de bambous et les fleurs de cerisiers refusent les mots. Bien qu'elles soient épanouies, annonçant la fin de la floraison, les fleurs aux larges pétales teintés de rose possèdent une pudeur qui retient l'œil d'aller scruter les corolles. Leur intimité est le miroir caché des sanctuaires. Un rayon de soleil accentue le rose des joues. Ô corps voilé... Je te croque !

De la fenêtre de ma chambre, les ombres du jardin prennent peu à peu la consistance de la nuit.

Nous empruntons dans la forêt un sentier qui descend vers une rivière à la liberté espiègle parmi arbres et lianes.

Saigyô (XIIe siècle) aimait les fleurs de cerisiers. Il bâtit ici un ermitage d'une seule pièce en pisé recouverte d'un toit de chaume. Du toit s'élève un bouquet de fougères comme une houppette, comme une facétie. Saigyô vécut en se nourrissant de baies et de racines, se désaltérant avec l'eau pure d'une source venue de la montagne de Yoshino recouverte de cerisiers. Dans le fond de cette cabane, on peut voir une statue du poète vêtu d'une robe, assis en méditation. Moine (école shingon), poète (wakas, tankas...), archer, il aima marcher avant de retrouver la solitude et d'y mourir, le cœur « informe et joyeux ».

Impression que rien n'a changé depuis huit siècles dans ce lieu qu'aucune barrière ne ferme, qu'aucun visiteur ne trouble. Mêmes arbres, herbes, mousses, roches, oiseaux... même musique de l'eau ?

« Sans se fixer dans le ciel
le souffle erre
vers l'horizon inconnu.
Que voient les yeux ?
Nuages ou cerisiers en fleur ? »

Cinq siècles après Saigyô, un peu plus de trois siècles avant nous, Matsuo Munefusa, descendant d'une famille de samouraïs, moine à ses heures, peintre, grand marcheur également, passa un hiver ici en hommage à Saigyô. Il portait le nom de Bananier, *Bashô*, car en 1680 il habitait un ermitage dans la campagne de Fukagawa et un de ses disciples avait planté un bananier devant sa demeure. Considéré comme le plus grand maître du haïku, Bashô a décrit ce lieu dans ses *Journaux de voyage :* « L'endroit inspire une émotion sacrée. *La fameuse eau claire goutte à goutte* de la source semble avoir conservé son aspect d'autrefois, puisque aujourd'hui encore l'eau tombe goutte à goutte. » Avec une fulgurance qui est la marque du haïku, M. Bananier indique quel est, selon lui, le principe essentiel en matière d'art, qu'il retrouve dans la poésie de Saigyô ou de Sôgi, dans la peinture de Sesshû, dans l'art du thé chez Rikyû : « Faire des quatre saisons ses compagnes. De ce que nous voyons, il n'est rien qui ne soit fleur, de ce que nous ressentons, rien qui ne soit lune. » *Journaux de voyage.*

Le socle de sa sensibilité et de son intelligence, les drames de l'histoire (elle est née pendant la guerre), son lignage, les mots qui lui transcrivent le réel, son rapport à l'amour ou à la mort, rien chez Ikuko n'est proche de ce qui m'a formé. Je sais cependant que nous vivons avec une même intensité le mystère de ce lieu. Où l'on retrouve le « c'est ainsi » qui bouscule tous les systèmes.

Nous restons en silence. Puis je reçois ces images.

Oh ! Rien d'autre à dire
quand le pétale rose
tombe.

Le rocher jamais las
de donner
un chant à la rivière.

Un fétu
de paille
suit le vent
vers la source

Étincelle d'eau
sur la mousse.
Ô corps aimé
devenu poussière.

Bientôt je quitterai
ma peau
sans avoir connu
le corps de lune.

À tire-d'aile
sur la rivière
l'oiseau
poursuit son ombre.

Sur la pierre
les pieds nus
laissent un silence
de mort.

Le pin regarde
sans émoi
les fleurs d'azalées
au sol.

La grue guette la truite.
La truite guette le ver.
Qui me guette ?

Après avoir assisté à une liturgie bouddhique dans le temple Zaô-dô, un des plus importants édifices en bois du Japon, nous sommes reçus par le supérieur. Ce temple revêt une importance primordiale pour les yamabushis car, selon la tradition, c'est à partir d'ici que commençait la marche régénératrice jusqu'à Kumano. Le moine nous explique (en simplifiant, puisqu'au Japon les enchevêtrements des écoles sont complexes) : la pratique des yamabushis provient du shugendô (le *shugen* est un effort physique accompli pour des raisons spirituelles) qui lui-même est situé à la rencontre du bouddhisme, du shintô et du taoïsme. Le fondateur de cette pratique est un moine bouddhiste du VIIe siècle : En no Gyôja. La marche est un zazen en mouvement. Nous avons été méritants d'accomplir cette épreuve avec un maître réputé, de n'avoir pas faibli alors que nous ne sommes plus jeunes, d'avoir... etc., *mais* la pratique du shugendô implique plusieurs jours de marche. Nous devrons recommencer (« Oui, vénérable »). Le shugendô commande de rester le plus longtemps possible caché dans la montagne et de n'y rencontrer personne. Je demande : « Être semblable au miroir du sanctuaire shintô qui reflète la nature. » Pas de réponse. Salutations. Soleil. Cloches. Dernière promenade dans les rues de Yoshino vouées au commerce du tourisme.

Descente vers la petite gare où nous allons nous séparer. Ikuko reste à Yoshino pour quelques visites tandis que je pars seul pour Kyôto où nous nous retrouverons dans dcux jours. Je salue le dernier segment d'une ligne de chemin de fer en pointillé qui a commencé dans la gare de Delhi. Ces milliers de kilomètres m'apparaissent comme une abstraction. Ne suffit-il pas du rire d'un enfant ou d'un signe d'amitié pour que le présent devienne un absolu ?

Fini le royaume des arbres, voici l'habitat des hommes en un désordre apparent sous-tendu par une rigoureuse organisation. Le chaos des masses de béton parmi les interminables banlieues japonaises cache des structures sociales maintenues pour donner à Lévi-Strauss du grain à moudre.

Rien n'est agréable à regarder dans les enchevêtrements de l'approche de Kyôto. Les fils électriques comme les toiles d'une nuée d'araignées saoules. Où respirer ? Les Japonais respirent de l'intérieur.

Des images des Japon passés s'imposent. Je les repousse. Elles reviendront. Fin et commencement se chevauchent comme tous ces opposés que nous établissons par facilité, et qui se rient de nos barrières.

« Qui êtes-vous ? » m'interroge un sympathique voisin dont la fierté est de travailler pour une fabrique de dentifrice. En général, la rengaine du compagnon transitoire d'un train est de demander d'où l'on vient, où l'on va et quel est notre métier. Je ne sais si M. Dentifrice est atypique ou si j'ai mal compris sa question.

Elle me permet, quand je pose les pieds sur les quais de la gare de Kyôto, de me dire :

Je suis
une mémoire
en vue
du néant.

IMAGES DU JAPON DÉCOUPÉES DANS LA MÉMOIRE

La lumière qui passe au travers
de l'eau qu'on verse.

SEI SHÔNAGON

Printemps.

C'était il y a... Peu importe ! Le passé bat les cartes. C'est au loin dans ma jeunesse, lors du premier séjour au Japon. Nous étions, Tadao Takémoto et moi, dans un ryôkan. Je découvrais le rituel de l'accueil par des hôtesses en kimono, la chambre au lit caché, le kakémono, les portes qui coulissent comme un tissu découpé, l'odeur de fenaison du tatami. Impression d'avoir été déposé dans l'île mystérieuse. Revêtus de nos yukatas qui nous donnent un air de famille, nous tentons d'éclaircir un passage broussailleux des *Antimémoires* de Malraux que Tadao traduit. Nous rions de cette impossibilité et des malentendus dont la traduction sera l'objet, de la même façon qu'on interprète en Occident un haïku de Bashô en ignorant l'arrière-fond qui l'a suscité. Une hôtesse agenouillée nous sert un saké tiède. « Il faut connaître les quatre saisons du Japon, dit Tadao. Pas de hâte. »

Nulle part ailleurs l'homme n'a inventé un habitat capable à ce point de recevoir toutes les nuances de la nature. Cette première nuit est une initiation aux filtres. Faire glisser la fenêtre recouverte de papier translucide *(shôji)*. Découvrir un jardin fermé par un mur, des pierres dressées qui dégagent une ombre sur la mousse. Refermer la fenêtre, deviner étoiles et branches de pins sur le papier qui s'anime au gré des souffles. Il y a un sortilège entre le dehors et le dedans. Plus un mot !

*

Hiver.

Tôkyô sous la neige. Le silence est aussi pur que les masses du blanc qui ont arrondi le relief des immeubles. Pas une voiture dans les rues qui continuent le ciel. Depuis mon hôtel, je gagne difficilement le métro. À la sortie, dans un quartier périphérique où vit un peintre auquel je rends visite, je dois dégager un passage sur une sente que j'avais empruntée un été précédent alors que le craquètement des cigales était tonitruant. La neige est aussi haute que moi. J'arrive épuisé devant sa maison. Mon aspect ne l'impressionne pas. « C'est un grand jour pour moi, dit-il. Je voudrais peindre les dix-sept blancs de la neige. »

*

Été.

Quartier de Shibuya à Tôkyô. Une salle bourrée d'hommes, une seule femme, qui est d'Europe. Des lycéens occupent les premiers rangs. Personne ne manifeste la moindre fièvre. À l'heure prévue, une jeune femme monte sur la scène. Elle se déshabille sans y mettre d'aguicherie, seulement de la précision. Nue, elle fait le tour du podium afin que chacun puisse la voir selon tous ses détails. Elle s'agenouille. De deux doigts, elle présente l'intérieur de sa mandoline à des yeux qui s'informent. On est toujours en classe au Japon. Quand elle a fini la démonstration, elle se relève. Musique. L'attente ne dure pas. Un spectateur la rejoint, il se déshabille, elle lui nettoie la clarinette avec une serviette et la revêt d'une marguerite translucide. Madame se couche, monsieur itou. L'action est rapide. Pas un murmure, ni sur scène, ni dans la salle. Monsieur se relève, se rhabille, regagne sa place.

Musique. Même jeu. Cela devient lassant. Le changement de femme ne change en rien l'horizon fermé. Je m'ennuie quand arrive sur scène une blonde au look yankee et à la démarche de canard. Cet ensemble ravit la salle ainsi qu'un amateur monté dare-dare, comblé d'un spasme, et qui, une fois chassé, prend la mine d'un homme politique en fin de mandat. Au suivant ! C'est un type trapu et petit avec une tête de paysan qui fonce sur le ring. Au moment décisif, après les prémices canoniques, le pauvre hère ferraille en vain. Nous aurions pu ne rien savoir du fiasco si la galérienne n'avait tenté un solide coup de main et si le malheureux n'était revenu à la charge encore et encore et si, après un vain combat, il ne s'était relevé, dépité. On ne triche pas aux examens. Imaginons cette scène en pays gaulois, les rires gras, les quolibets, la salle en délire. Dans cette tribu tôkyoïte, un silence de porcelaine. L'affaire n'est pas terminée. Un autre homme vient vite relever l'honneur nippon, un second, un troisième. La colombine est remplacée par une gigolette locale au minois câlin. Je m'ennuie à nouveau quand notre planteur de riz remonte sur scène, rappelant, à sa manière, pourquoi l'empire n'a été vaincu qu'une fois dans son histoire. Pas un murmure dans la foule, pas une once d'étonnement chez la préparatrice. En position, une, deux... puis, à un de ces petits soubresauts qui sont le signe de la gloire masculine (le mot m'a échappé), on comprend que l'aubade a réussi. L'homme exhibe un sourire angélique. Au suivant !

Dehors, dans les rues nocturnes, si l'on croise une femme dont l'*origine du monde* est cachée sous une jupe qui couvre ses genoux, on peut rêver au mystère dont elle est la gardienne, retrouver la fraîcheur du désir et, dans le même élan, le goût de la conquête.

*

Été.

Depuis un mois nous vivons, Claire-Obscure, Lætitia et moi, dans une maison traditionnelle bâtie sur les pentes d'une montagne boisée séparée du lac Biwa vers l'est par une arête de rochers que nous ne sommes pas arrivés à franchir. En contrebas coule un torrent fougueux où de féminines anses permettent des bains dans une eau pure. Il est surplombé d'une falaise sur laquelle saute une famille de singes aussi étonnés de voir nos visages que nous le sommes par les leurs trop semblables aux nôtres.

Sur les pentes de la forêt, des conifères au garde-à-vous retiennent la terre et font écran au soleil. Les clairières sont parsemées de fougères et de fleurs rouges. Des terrasses rappellent qu'il y avait là naguère des rizières cultivées par des paysans pauvres comme on en voit dans les films de Mizoguchi. Glissement d'un serpent sur le sentier. On se fige. Un voisin nous avait dit que la mort serait très rapide. On repart précédé d'un bâton. Inutiles, les gloses sur l'éphémère. Au-dessus d'un hameau, une cage avec un piège pour un ours. Un oratoire shintô en bois est chargé d'apprivoiser la forêt. Fleurs en bouquets et coupelle blanche attendent les prières.

*

Été.

À Nara un jour de typhon avec mes jeunes compagnons du terzetto. Nous écoutons la pluie s'abattre sur les toits du Dai butsu-den, nous interrogeons d'un regard inquiet la statue du Bouddha Vairocana qui tient entre ses mains la roue du dharma. Elle tourne depuis vingt-cinq siècles avec une bienveillance qui n'est pas arrivée à calmer les désirs humains aux renouvellements illimités. Nara sous le soleil avec ses allées trop léchées, ses daims civilisés (avatars des daims de Sarnath) et ses théories de visiteurs aussi peu animés que les théories des idéologues, cette merveille du bouddhisme est incapable de dégager le charme de la vie, imprévisible friponne. Le typhon donne allure et perspectives à la cité de l'Éveillé.

Quand les tourbillons faiblissent, nous montons encapuchonnés vers le sanctuaire Kasuga taisha dont on devine quelques-unes des dix mille lanternes de fer, de bronze, de bois ou de pierre. Elles ressemblent à des danseuses arrêtées en pleine action. Les gerbes d'eau sont comme des branches de sakaki tendues vers le ciel. Elles nous incitent à continuer à monter malgré la violence des éléments. En haut, des mikos avec d'antiques coiffes nous accueillent avec le même sourire que sous le soleil.

Ce ne sont pas elles qui nous ont attirés jusqu'au sanctuaire, ni le miroir, ni les toits de chaume hérissés de pluie, c'est un lointain souffle venu de nos ancêtres celtes et, plus loin encore, de l'époque d'avant l'histoire, quand l'homme avait levé la tête vers le ciel et s'était nourri de cette contemplation.

L'aventure de la pensée occidentale aurait pris une autre tournure si Nietzsche avait connu le shintô. Que de conséquences également si Baudelaire s'était rendu en Inde comme il en avait manifesté le désir. Dans chacune de nos vies, on trouve une statue restée prisonnière du marbre. La forme de la mienne ?

*

Printemps et hiver.

J'avais rencontré Satoko dans le printemps limpide de ma découverte du Japon. Elle terminait un doctorat sur le sentiment de la nature chez Claudel. Je l'avais honorablement accompagnée à Nogoya puis à Shima où elle rendait visite à l'une de ses tantes. Nous avions marché dans la baie d'Ago avec ses rochers qui imitent feuilles d'acanthes et de choux, têtes d'oiseaux et de loups. J'avais frôlé sa main, elle avait baissé ses yeux, j'avais touché son épaule, elle avait baissé la tête. Je ne connaissais pas la grammaire japonaise, je pratiquais un peu la féminine.

Nous nous étions donné rendez-vous à la nuit tombée sur une plage pour nous y aimer. Sable, ressac, lune, rien de moins. Je m'étais demandé : a-t-elle *un* sexe ou est-elle *ce* sexe ? Elle m'avait inquiété après l'office quand je l'avais vue s'exalter devant la mer en chantant un norito. Elle était rentrée à Tôkyô où nous devions nous retrouver. Je l'attendis en vain. J'avais appris quelques années plus tard qu'elle avait deux enfants, un mari stéréotypé et qu'elle illustrait des livres pour la jeunesse. Elle s'estompait.

Janvier 1998, salon du Livre dans un Tôkyô recouvert de neige. Bavardage avec des écrivains, soirée de sumô, une conférence au cours de laquelle j'évoque devant des intellos japonais branchés les raisons de mon attirance pour le shintô de la nature : « l'énigme du miroir, les danses des mikkos, l'esprit des arbres, du vent, du vide... » Les réactions hostiles m'amusent. Je sais que je réveille chez beaucoup la violence d'un inconscient refoulé. À l'issue des joutes, au bas de l'estrade, je remercie le traducteur aussi hâve que vaillant qui a passé la nuit à essayer de comprendre les formules de mes notes, si étranges pour lui : « creuset alchimique, miroir du miroir, écho du souffle dans l'âme, un voile en place de nos symboles, absence de l'idée platonicienne du beau... » et aussi, avec délectation, du Ludwig Joseph Wittgenstein : « Ne pas dire, montrer. »

Debout à trois mètres, vêtue d'une robe blanche, Satoko comprend que je ne la reconnais pas. En fait, j'ai reconnu quelqu'un, mais qui ? Je m'approche d'elle :

— Vous avez une question ?

— Pourquoi une question ? répond-elle en français.

Je sais maintenant qu'elle est Satoko vingt-trois ans plus tard. Le temps s'est refermé en me pinçant les doigts. « Venez visiter mon atelier ! » C'est dit avec une autorité qu'aucune femme de l'archipel ne manifeste si ouvertement devant un étranger. Nous trouvons une heure le lendemain, bien que mes rendez-vous soient serrés dans ce court séjour.

Elle m'attend dans la gare de Nippori au nord de Ueno, près du vaste cimetière de Yamake. Nous marchons en silence. Elle habite seule un appartement banal. Avant de pénétrer dans la pièce qui lui sert d'atelier, je distingue sur un oratoire bouddhique les portraits d'une fille et d'un garçon qui ne sont pas âgés de plus d'une douzaine d'années (ses enfants devraient avoir dans les seize ou dix-huit ans). Je m'arrête devant ces visages heureux. « Ce sont vos... » Elle tape des doigts sur une table : « Allons ! » Je m'assieds dans l'atelier. Elle pose deux toiles qui représentent des peaux de serpent ou de lézard telles qu'elles sont laissées après la mue. Elles possèdent des formes variées : arcs de cercle, triangles, quadrilatères, morceaux chiffonnés ou troués. Elles sont disposées sur la toile comme si elles flottaient dans une apesanteur que la transparence des peaux rend encore plus légère. Sur le fond blanc parfois bleuté, elles manifestent entre elles d'inquiétantes figures.

« Vous transcrivez le passage », lui dis-je. Elle se renfrogne. Je reste silencieux devant deux autres toiles composées pour aller ensemble et qui sont pleines d'écailles organisées en cercles. Puis une toile seule avec une peau transparente vue de l'intérieur sur un fond de petites taches rouges. Puis une multitude de peaux verdâtres forment une gerbe avec toujours cette même transparence. Satoko laisse chaque toile sur le chevalet pendant plusieurs minutes avant d'aller en chercher une nouvelle dans une soupente. Je regarde ma montre. Si je veux être à l'heure à mon rendez-vous avec un journaliste, je devrai partir dans dix minutes.

Les troublantes toiles se succèdent avec la même lenteur dans le même silence. Je ne puis interrompre la procession. Devant une toile qui représente une grande peau déchirée avec des camaïeux de gris sur un fond rougeoyant, je fais signe à Satoko que je souhaite encore la regarder. L'heure du rendez-vous est passée. Je ne cherche même pas à téléphoner pour m'excuser. Je scrute le visage de Satoko. Elle sait maintenant que j'ai compris. Je retiens une question, je retiens une phrase du genre : puisque tout est métamorphose, vos enfants sont quelque part. Ils vous demandent de retrouver le sourire. Elle me montre une série de petites toiles rondes avec sur chacune un morceau de peau torsadée qui laisse voir les deux faces.

Plus de deux heures ont passé. Un crépuscule d'hiver emplit l'atelier. La dernière toile représente deux peaux identiques séparées par un espace blanc dont les touches suggèrent une spirale infinie. Debout devant moi, Satoko referme ses bras sur sa poitrine, comme une femme qui s'est rhabillée avant de regagner le domicile conjugal.

*

Printemps.

Une nuit de bateau pour aller de Tôkyô au port perlier de Toba près duquel le sanctuaire d'Ise est caché derrière une palissade infranchissable. Il est régulièrement démonté avant d'être reconstruit à l'identique, signe d'une permanence dans un monde flottant. Les prêtres sont les vigiles de l'éternel présent. Notre idée d'un passé-vérité contenu dans un Livre, un principe ou un édifice ne s'accorde pas avec ce Japon aux lignages solides, mais où le passé est continûment tiré vers le présent.

À l'image du monde, nous flottons Tadao et moi dans le bain brûlant du bateau. L'eau secouée par la houle tente de rester horizontale tandis que le toit penche à droite, à gauche. Nous devisons nus, la berdouillette cachée par une serviette.

Nous n'avons pas valorisé l'éphémère comme vous, cher Tadao.

Pour nous, un pétale qui tombe est une confidence de l'univers.

Dans l'allée qui conduit à Ise, la pluie est telle qu'on ne voit rien. Qu'importe ! Le plus honoré des sanctuaires shintô est à jamais invisible sous les immenses cryptomères.

*

Été et autres saisons.

Le cône du mont Fuji a été tracé par une main décidée. Il est aérien, bien que souvent caché par les nuages. Parfois en été il n'est visible qu'un court moment au lever du jour, attrapant un rayon orangé avant d'être entouré d'un voile de brume. Pudeur ? Y voir plutôt le signe de son caractère sacré. Autre signe : selon la saison ou l'heure, le Fuji change de couleur et de forme. Excellent support d'impermanence si l'on a espoir de progresser au sein du bouddhisme. En hiver et au printemps, la neige le couvre et lui donne l'aspect d'un toit dont on aurait oublié les murs. Avec l'ouverture des fleurs de cerisiers, la neige devient une calotte qui flotte entre ciel et terre avec la légèreté d'un duvet. Que la neige soit irrégulière sur ses pentes, suivant les sillons laissés par les coulées de lave, il forme alors un idéogramme que chacun déchiffre à sa manière pour exciter l'imagination des psys. L'été, quand la stridulation des cigales emplit les forêts, la neige du sommet est une virgule dans le ciel.

Dès l'origine, le Fuji a été honoré comme divin, et le reste aux yeux des artistes. C'est pour cette raison que pendant des siècles il était interdit d'en faire l'ascension. Une fois levée, mais seulement pour certains hommes sélectionnés, l'interdiction a été maintenue pour les femmes jusqu'en 1872. Maintenant, des milliers de marcheurs gagnent en été son sommet par des sentiers grisâtres. Piétiné, pollué, le Fuji a perdu la magie qui se dégage de lui quand on le contemple de loin, et qui a inspiré une multitude de poètes et de peintres. Avoir accepté le piétinement touristique sur les pentes d'un dieu est une preuve du complexe du Japon devant des valeurs qui ne sont pas les siennes.

Nous avons vécu en sa présence pendant notre séjour à l'institut Rinri de Toshiaki Maruyama. La vénération mise à le saluer augmentait quand il demeurait caché derrière les nuages. Je suis fait ainsi depuis trois ou quatre siècles que, souvent, la curiosité l'emporte sur la contemplation. Je décidai d'en accomplir l'ascension.

Pendant leurs vacances d'été j'étais allé accueillir à Tôkyô le terzetto pour une initiation au Japon : shintô, ryôkan, baguettes, kamis, politesse, miroirs et machines électroniques. Tadao Takémoto et Toshiaki Maruyama organisèrent pour nous une ascension du Fuji. Notre guide, M. Séki, était un homme jovial qui se montra d'abord très pointilleux. Chaussures, chaussettes, sacs à dos, gourdes, lunettes, biscuits… devaient être ceci, non cela, et nous devions porter un chapeau jaune canari bien vissé sur nos têtes malgré l'épaisse brume qui entourait le Seigneur de pierre. Nous souriions de cette méticulosité toute nippone, mais étions ravis qu'une telle marche, en fait assez facile, prît l'allure d'une expédition.

Nous partons dès l'aube et suivons pendant des heures un sentier dans la brume. De temps à autre nous nous arrêtons sur une plateforme. Afin d'économiser le souffle, le casse-croûte est pris en silence, ascèse pour des Français. Durant l'ascension, les seuls mots prononcés par M. Séki seront : nous devions arriver à 14 h 53 à la station 4 (ou 3 ou 6), or il est 14 h 32, tout va bien. Plus tard, M. Séki aura du mal à modérer l'ardeur des adolescents surtout vers la fin quand, entre deux nuages, le sommet semblait flotter à proximité alors qu'il était encore à deux heures de marche.

L'arrivée à destination est décevante avec un ciel bouché et de vilaines bâtisses. Seule est amusante la poste de poche d'où l'on peut adresser dans le monde entier des mots qui constituent une remarquable collection de clichés.

Autour du cratère, quelques plaques de neige ont résisté au soleil. Penché sur le trou noir, on peut sentir vibrer le feu, matière de l'origine qui, par facétie, et après avoir pris son temps, nous a envoyés dans la vie ; un cadeau que nous nous efforçons de gâcher de bien des manières.

La nuit dans le refuge est une épreuve. Maux de tête et de cœur, tremblements de froid. Habitués à la chaleur de l'été, nos corps ne supportent pas les couvertures mouillées d'un local sans chauffage alors que la température est descendue en dessous de zéro.

Déçu par l'ascension, frigorifié, inquiet des gémissements qui s'élèvent du dortoir, je fulmine. On sait combien la curiosité est féconde, mais avec l'atome, les femmes ou le sacré (liste non exhaustive), elle nécessite de solides protections.

Le retournement arrive avant l'aube. Je garde le mot miracle pour des phénomènes moins atmosphériques. Disons : une généreuse surprise. Le ciel est dégagé, les montagnes sur l'horizon d'occident reçoivent des touches qui ressemblent au bonheur. Dix minutes avant l'événement crucial, tous les anciens dormeurs sont déjà assemblés sur un promontoire face au levant. Nul besoin de demander le silence, il est d'état. Quand le trait jaune apparaît, c'est à l'intérieur de soi que l'on célèbre Amaterasu, la déesse du soleil. *Elle* (Hélios, père de Pasiphaé, grand-père du Minotaure, etc. est ici une femme) éclaire alors un paysage de légende où se dévoilent des lacs et des forêts. *Elle* s'élève, arrive sur nos visages. Elle nous transporte à l'orée du ciel.

*

Printemps.

Je note à Tôkyô des mots français sur des enseignes ou des vêtements : *Bijoue couturie, Blanc Mariée, Mademoiselle oui oui, On verra bien, Choux de lait, Lui chantant, Présent du ciel, Caleçon mode, Déjà vu*… ou ce *Fou forêt* qui est un feu follet revu par la phonie japonaise.

*

Automne.

Sur l'île de Kyûshû, la région de Takachiho est une des plus belles du Japon. Elle est liée à de nombreux mythes fondateurs. On situe ici la grotte dans laquelle Amaterasu fâchée se serait enfermée, laissant la terre privée de lumière. Les kamis se réunirent avec l'espoir de la faire sortir. L'un d'eux dansa et se déshabilla. Hilarité générale. Intriguée, Amaterasu poussa la pierre qui obstruait la grotte. Elle se trouva alors face à un autre kami du soleil. Elle sortit et se rendit compte qu'un miroir lui avait renvoyé sa propre splendeur. Le monde retrouva ainsi la divine lumière, et le miroir devint objet de vénération.

Toute explication liée à la jalousie ou au narcissisme me paraît stupide. Cherchons plutôt du côté de la nécessité du reflet. La lumière et son double pour que la terre soit éclairée. À certaines heures de nos vies, le reflet, même caché, est le plus précieux des trésors. Les Japonais m'ont souri quand j'ai lancé cette piste. Ils ne cherchent pas à expliquer les mythes, un de nos dadas. Il y eut de la lumière, il y eut des ténèbres, une danse, un miroir, la lumière revint... Tout n'est-il pas dit ?

Dans le Takachiho aux rouges et jaunes flamboyants, on voit également de nombreuses cascades et des gorges profondes dont les parois sont formées des laves du mont Aso. C'est dans ce paysage de commencement du monde que j'avais rencontré le grand prêtre Goto, celui-là même qui organisa plus tard la marche avec les yamabushis. Son visage rayonnait au-dessus de la falaise. Il écartait les mains avec une générosité qui faisait descendre les kamis. Les mythes devenaient des figures familières prêtes à nous guider dans les méandres des passions. Quand la vérité provient d'un Livre révélé ou d'un code culturel, il faut beaucoup d'entortillages pour la faire admettre à d'autres. Si elle s'extrait de figures qui sont la terre, l'eau, le feu, la lumière ou l'air, elle est à la portée de chacun. Idolâtrie ? Mais non ! Sagesse naturelle. Goto rit les mains ouvertes. Le souvenir le plus fort de cette visite est ce prêtre shintô comme suspendu, transfiguré.

*

Été.

Le mot kamikaze a été dévoyé. Il remonte à 1274, quand les flottes mongoles venues de Corée ont cherché à envahir le Japon. Une tempête détruisit alors la flotte des agresseurs. Une expédition depuis les côtes de Corée recommença sept années plus tard et, à nouveau, le Japon fut épargné par les mêmes causes. *Kazé* signifie le vent. *Kami kazé* est donc un souffle divin susceptible de sauver le Japon. En 1944, les Japonais s'étaient mis par orgueil et infantilisme géopolitique dans une situation désespérée alors qu'après avoir attaqué les Américains en 1941, ils étaient submergés par l'arrivée d'une immense flotte au large de leurs côtes. L'amiral Takijirô Ônishi eut l'idée d'envoyer des chasseurs chargés d'une bombe s'écraser sur les navires venus d'un Nouveau Monde dont la puissance avait été sous-estimée. D'octobre 1944 à la capitulation d'août 1945, les responsables militaires lancèrent dans le ciel plus de deux mille pilotes dont certains sortaient à peine de l'enfance. Beaucoup d'avions furent détruits en vol. Il fallait être un vétéran pour arriver intact avant de piquer sur les tôles de l'adversaire. Trente-quatre navires américains furent coulés et deux cent quatre-vingt-huit endommagés sur les cinq cents qui formaient la flotte.

La plupart des kamikazes s'envolèrent (ils n'avaient du carburant que pour un aller simple) d'un site à l'extrémité sud de l'île de Kyûshû que les Américains n'arrivèrent pas à localiser. Le terrain d'aviation était caché non loin de Kagoshima, au milieu d'un paysage idyllique de collines recouvertes de théiers. La visite du mémorial et du musée est instructive pour comprendre l'étonnante relation que les Japonais entretiennent avec la mort et le sacrifice.

Une brise venue de la mer parfume l'air et colore les champs de thé qui ondulent au soleil. Des écolières aux jupes plissées rient dans le chemin qui monte. Les centaines de lanternes le long du chemin évoquent chacune un pilote sacrifié.

Il y avait deux heures trente de vol avant d'arriver au-dessus des navires américains. Sur le point de s'envoler, les pilotes écrivaient leurs dernières pensées. Ils ne portaient pas de jugement sur leur mission, ils disaient : je donne ma vie afin que le Japon vive. Ils se faisaient photographier. Visages sereins, parfois joyeux. Avec l'avancée de la flotte, les « volontaires » étaient de plus en plus jeunes. Quand ils s'envolaient, des jeunes filles les saluaient en agitant des branches comme lors d'une fête, la fête de la moisson. Les pilotes survolaient d'abord un volcan auquel ils rendaient hommage comme s'il était le Fuji, comme s'il était le Japon. Ensuite, plus de deux heures dans la solitude entre le ciel et la mer. Quelques-uns, pris de tremblements, ont fait demi-tour. Honteux, ils ont dû repartir.

Quand apparaissaient au loin les masses grises venues pour avaler le Japon, l'esprit était occupé par des questions techniques alors que les sirènes se mettaient à hurler et que des chasseurs américains fonçaient dans le ciel pour abattre le gamin : comment échapper aux tirs, comment trouver le bon axe et piquer les yeux ouverts, surtout ne pas faiblir… Le plus souvent l'avion explosait en vol avant d'avoir pu commencer à descendre. Les chairs déchiquetées s'enfonçaient doucement dans la mer sans même laisser une trace rouge sur son indifférence.

Ils ignoraient que le Japon auquel ils donnaient leur vie avait renié dans cette guerre l'esprit de chevalerie qui avait été le code d'honneur des samouraïs. Certains des dirigeants militaires ne le retrouvèrent que devant la mort, après la victoire alliée, soit en se suicidant, comme le fit l'amiral Ônishi à l'annonce de la reddition de son pays, soit en reconnaissant leurs responsabilités. Avant d'être pendu, le général Tôjô déclara : « En ce qui me concerne, il était naturel que je fusse condamné. Il me reste, toutefois, le déplaisir de n'avoir pas été capable de persuader la cour de rejeter uniquement sur moi toutes les responsabilités encourues, causant ainsi un dommage à mes collègues ; c'est en ceci que se trouve mon plus grand regret. Du moins, Sa Majesté l'Empereur ne s'est point trouvé mêlé en quoi que ce soit aux débats du procès, et c'est là ma consolation. Quand je pense aux horreurs de la guerre auxquelles furent soumis mes concitoyens, j'éprouve la sensation que même ma condamnation à la peine de mort ne peut m'absoudre de mes responsabilités, et j'en ai une profonde douleur. » Il tendit son cou au bourreau. La trappe s'ouvrit à la date prévue, la veille de Noël 1948.

La cruauté au service de la démesure pendant la guerre, le feu atomique, l'occidentalisation exagérée remuent encore le cœur des Japonais. Ce peuple courageux devant la mort, le sacrifice, la douleur ou l'effort, détourne la tête quand arrive la lumière crue de certaines vérités. Avec une habile perversité, les Chinois se jouent des contradictions des Japonais devant leur passé. Il serait vain de leur proposer des divans ; ils réveillent les démons sans pouvoir les calmer. Les Japonais auraient besoin d'ouvrir un espace critique qui ne les fasse pas tomber dans le dénigrement. Que n'apprennent-ils à dire : j'aime ma mère, je reconnais ses défauts ? Ils ne savent appliquer à l'Histoire le génie d'ombres, de lumières et de reflets de leur esthétique. Qu'ils nous prêtent Bashô, nous leur prêterons Montaigne.

*

« Automne de brocart. »

J'avais visité une première fois au printemps la villa Katsura à Kyôto en état d'éblouissement. J'y suis revenu vingt ans après lors d'un automne aux couleurs pigmentées. Je m'étais rendu compte qu'elle avait laissé des traces dans ma mémoire. Certaines harmonies que j'avais composées ailleurs entre mousses et rochers provenaient d'elle.

J'ai su également qu'elle avait apaisé en moi l'idée de la mort.

Y viendrai-je en hiver dans vingt ans ?

*

Printemps.

J'étais parti seul de Kyôto vers cette péninsule de Kumano qui réconforte les âmes inquiètes. Alors que je marchais sur un sentier dans la brume, je vis se dégager une forme. C'était un jeune prêtre shintô qui me regarda en silence avant de me faire comprendre que j'étais attendu le soir dans un sanctuaire à flanc de montagne au bout du chemin. J'y retrouvai le prêtre qui me conduisit dans une salle, sortit un miroir d'un coffre et me laissa seul.

J'étais content de n'avoir aucun programme. Je m'assis en méditation devant le visage renvoyé par le miroir, visage naturellement familier mais que je n'ai pas pour habitude de scruter. Il m'intriguait cette fois par une dureté qui ne correspondait pas à mon état intérieur. Au bout d'un long moment, deux mikos vêtues comme il se doit d'un ensemble framboise-noix de coco vinrent me servir un saké tiède. Elles observaient chacun de mes gestes à travers leurs yeux peu expressifs. Mais dès que ma coupelle était vide, l'une des automates la remplissait d'un geste parfait. Elles sortirent. Mon reflet se troubla dans le miroir. Allais-je voir apparaître mon visage de mort ? Je fixai mes yeux en me disant que si leur reflet se fermait tandis que je les observais, un important secret m'aurait été transmis. Ils ne bougèrent pas. Je fus pris d'une somnolence qui tira un rideau noir, puis violet avec des traînées jaunes et rouges. Une secousse me releva et me rendit à un face-à-face déplaisant. Je fis des grimaces, espérant décourager ce regard trop insistant. C'est alors que surgit un visage d'enfant, un garçonnet rêveur aux oreilles décollées. Il ne connaissait ni la passion ni les regrets. Il ouvrait des yeux étonnés et mécontents. Il n'était pas satisfait de l'adulte que j'étais devenu, et qui tenta en vain de le faire sourire.

*

Été.

L'artiste Flora Boboli suit dans un temple à Kyôto des cours de calligraphie avec une nonne bouddhiste qui a la réputation d'être visionnaire. Flora l'a invitée au vernissage de ses œuvres dans une galerie près du Tôji. Vêtue d'une robe noire, elle déambule avec un sourire farceur et un verre de rosé à la main. Le lendemain je vais lui rendre visite à bicyclette avec Flora. Elle nous reçoit accompagnée de trois chats dans une pièce toute blanche. Elle m'interroge. Je me situe : ma famille, les livres, le goût de l'Asie, les voyages, France Culture. Elle bondit, s'échappe derrière une porte coulissante, revient avec la traduction en japonais des volumes du colloque international organisé à Cordoue en 1979 par Yves Jaigu et Michel Cazenave dans le cadre de France Culture : « Science et conscience ». Des prix Nobel de science avaient dialogué avec des représentants des principales traditions spirituelles dans une audacieuse effervescence. Les thèmes de ce colloque qui fit des heureux et des grincheux furent repris en 1984 à Tsukuba. Elle dit consulter régulièrement les volumes des actes qui lui confirment sa vocation. Elle me bombarde de questions sur les participants, sur ma position, mes livres. Flora traduit. La nonne se tait, me dévisage et prend un air de Pierrot pour me dire : « Comme Van Gogh, vous serez reconnu après votre mort. C'est très bien. » Elle saisit mon dépit. Peut-être me croyait-elle plus avancé dans la voie du détachement. Elle me prend les mains en riant : « Je me suis trompée, ce sera avant votre mort. Patience ! »

Alors que nous pédalons sur nos bicyclettes dans la campagne autour de Kyôto, j'interroge Flora :

— Van Gogh, il s'agissait bien de Van Gogh ?

— Aucun doute ! Elle a dû lire sa vie dans un magazine. Elle aurait pu dire…

— Qui ?

— Je ne sais pas. N'importe qui mort dans l'indifférence. Vous savez aussi bien que moi que pour une nonne bouddhiste, la reconnaissance n'a aucune valeur.

— Quand elle s'est reprise, vous a-t-elle semblé sincère ou a-t-elle seulement voulu me faire...

— Attention ! Qu'est-ce qui vous a pris ? Vous alliez tomber dans le ravin.

En effet, ébloui par la boule de soleil face à nous, je n'avais pas vu que la route tournait vers un pont de brique sur lequel marchait une femme avec une ombrelle, la silhouette peinte sur *Le Pont de Langlois*...

*

Automne.

Je débarque pour un nouveau séjour dans l'aéroport du Kansai après quatorze heures de vol et une nuit quasi blanche. Tadao Takémoto est venu m'accueillir, accompagné de trois de ses disciples. On se congratule, on discourt, on se photographie pour donner de la solennité à ces retrouvailles. Nous évoquons le programme des jours à venir :

— Ce soir, me dit Tadao, un riche industriel qui t'a lu t'invite à une soirée avec des geishas à Gion (quartier de Kyôto).

— Ce soir ? (Il est déjà cinq heures à l'heure japonaise.) Pourquoi pas demain ?

— Demain il part pour Tôkyô. Il a tout organisé pour toi. Ce sont d'authentiques geishas.

Pas celles que vont voir les Américains. Elles pratiquent leur art dans un lieu très fermé. Les geishas manquent à ton expérience. Je sais que tu vas apprécier.

À peine le temps de déposer les valises à l'hôtel et de passer une cravate. L'homme est affable et pratique des rapports directs. Dans les ruelles de Gion, nous passons devant des établissements pour touristes. Aucune enseigne sur la maison dont nous poussons la porte. Nous empruntons un sombre couloir avant de nous trouver dans une salle peu éclairée où ne sont dressées que quelques tables autour d'un espace vide. Des hôtesses nous servent du saké et des plats de poisson aussi fondant qu'un éclat de rosée. Comme dans les maisons de thé, le fait d'être ensemble n'est nullement prétexte à échanges d'idées, concours d'esprit et d'érudition, refondation du monde. On communie avec un mutisme qui convient au voyageur guetté par Morphée.

La société guerrière japonaise a fait de la geisha une œuvre d'art vivant, vêtue et maquillée selon un rituel aussi compliqué qu'hermétique. Elles chantent, dansent, récitent des poèmes, en composent parfois. Quant à l'aspect qui nourrit nos phantasmes et qui, selon des sources autorisées, est également un chef-d'œuvre goûté par des hommes très riches, il est aussi rare qu'étalonné.

Pour apprécier dans toute sa subtilité une geisha formée par le temps dans les écoles les plus rigoureuses, il faut avoir les sens affinés comme celui qui reconnaît dès la première mesure les arpèges d'un Stradivarius. On sera étonné par le contraste entre les codes, d'une complexité de théorie linguistique, pratiqués par les geishas, dont la défloration elle-même est une cérémonie *(mizu-age)*, et les comportements souvent frustes des hommes qui les entretiennent. Puissance et poésie n'ont pas les mêmes canons, mais se soutiennent.

Le barbare n'a pu tout saisir malgré les éclairages de Tadao, mais je puis affirmer qu'il a compris avec bonheur que rien, nulle part, ne pouvait atteindre cette forme d'art qui enveloppe, éveille et apaise.

L'une des danseuses, encore très jeune, était une *shikomi* avec la lèvre inférieure peinte en blanc qui faisait d'elle une figure de la mort quand elle ouvrait la bouche et que le feu du rouge éclairait le trait blanc. La seconde, geisha chevronnée, avait cette capacité des grands artistes de mettre du naturel dans les œuvres les plus élaborées. Mes élans étaient partagés entre la grâce de la jeunesse et la grâce de l'accomplissement. Histoire connue.

*

Été.

À peine croyable, à peine réel, mais j'en suis sûr, le spectacle ne fut pas une de ces projections de nos désirs orphelins qui font écran à la vérité.

Lors d'un retour en France après un périple en Corée, j'avais voulu revoir Tôkyô, j'avais revu Tôkyô. Je m'étais promené dans les rues familières de Yanaka, je m'étais perdu à Shinjuku, j'avais dormi à Ueno, j'avais gagné l'aéroport.

Je rêvassais devant le hublot de l'aéronef quand à 12 h 10 j'ai vu apparaître le haut du Fuji qui dépassait d'un plateau de nuages. Il était en noir et blanc, ceinturé de roches, le sommet enneigé. Ainsi flottait un dieu que le feu avait fait rugir et cracher, que le regard des artistes avait rendu souverain. D'un coup d'aile, l'avion s'est dirigé vers l'ouest en suivant à peu près l'ancienne route du Nakasendô à travers les montagnes. Plus rien ne dépassait de la couche de nuages, qui recouvrait l'épine dorsale du Honsû. Le Japon était caché. Je devinais les volcans, les coulées de conifères, les carapaces des roches, la gloire des cascades, les rivières, la côte déchiquetée, les îles... inspiration de la création qui a lancé sur la mer toutes ces formes pour y célébrer la vie. Fleurs, plantes, animaux, ombres et lumières irradiaient sous la couche de nuages, appelaient à des noces fougueuses. Unions divines.

Et voici que moi, prisonnier d'un siège d'avion,

je m'en retournais vers ma culture qui a choisi pour maître un Juif de Palestine porté par l'universel sur le dos d'un âne, et qui a proclamé, sans être entendu : « Mon royaume n'est pas de ce monde. »

KYÔTO SANS FIN

Il est temps de tourner le dos à la compagnie.

MONTAIGNE
Essais III, 9

Donc, pour la dernière étape de mon voyage, le train venu de Yoshino a pénétré dans la gare de Kyôto, aérienne de l'intérieur, indigeste de l'extérieur. Les affairistes qui saccagent les vieux quartiers de Kyôto alors que la ville avait été épargnée par les bombardements de la guerre sont heureusement arrêtés par les kamis qui protègent la parure de temples et de sanctuaires construits sur les collines qui entourent la ville sainte. Je vais loger en face du palais impérial qui fut résidence de l'empereur jusqu'à l'ère Meiji (1868) et qui reste le lieu du couronnement.

Grâce à un excellent coquetaile à base de Grèce et de Bible arrosées d'un jet puissant de génie poétique, Paul Claudel a été un des Occidentaux qui ont le mieux compris et aimé le Japon. Aucun préjugé contre le shintô qui aurait pu agacer son catholicisme. « Adorer les forces de la nature, n'y a-t-il pas là un danger qui… ? » Taisez-vous ! crie le père Claudel. Écoutez-moi : « Le surnaturel au Japon n'est donc nullement autre chose que la nature, il est littéralement la surnature, cette région d'authenticité supérieure où le fait brut est transféré dans le domaine de la signification. Il n'en contredit pas les lois, il en souligne le mystère. Tout le but de la religion est de placer l'esprit dans une attitude d'humilité et de silence au regard des choses permanentes » *L'Oiseau noir dans le soleil levant*. Plus loin, il fait l'éloge de la puissance symbolique qui revêt l'empereur : « L'empereur du Japon est présent comme l'âme. Il est ce qui est toujours là et qui continue. On ne sait au juste comment il a commencé mais on sait qu'il ne finira pas. » Ce texte de 1929 demeure valable en ce début d'un siècle qui, n'en doutons pas, saura égaler le précédent dans la bêtise.

Depuis l'origine de l'institution, l'empereur du Japon a partie liée avec la nature, il communie avec ses vibrations cachées, il décrypte ses souffles. Poésie et sacralisation de la nature vont de pair. La tradition considère que quatre-vingt-dix empereurs ont été auteurs de wakas. L'impératrice Michiko, épouse de S.M. actuelle, en compose qui sont éclairés par sa douceur et son amour de la nature.

La terre

« Éveillée en pleine nuit,
éprise de l'odeur de la terre,
j'écoute,
    à l'approche du printemps,
    les feuilles couvertes de givre. »

Chaque année la cour impériale organise à Tôkyô un concours de wakas auquel tous les Japonais peuvent participer. Après sélection, les meilleurs sont récités devant le couple impérial et un public choisi. La cérémonie abolit le temps et fait du Japon un seul corps animé par le rythme immuable de cinq vers aux 5, 7, 5, 7, 7 syllabes en deux parties (le haïku, dont l'Occident s'est entiché, ne comporte que les trois premiers vers, soit dix-sept syllabes). Ainsi, derrière la « muraille de bambous » où vit, selon un rituel terrible, le descendant de la déesse du soleil, à chaque printemps, le Japon renoue, grâce à la poésie, avec son passé mythique.

Situé au nord de Kyôto dans un vaste parc non loin de la confluence de la Kamo et de la Takano, le palais impérial en partie vide est comme le troisième œil du Japon.

Échapper à l'ânerie qui consiste à polluer un jardin japonais avec des mots abstraits. Éviter également d'en visiter plus de deux à la suite. D'ailleurs, il n'y a pas à *visiter* un jardin, il y a à le vivre. C'est une affaire qui nécessite une disponibilité soumise à des humeurs. Les jardins retiennent, les jardins rejettent. Dans ce cas-là, il est préférable d'aller à bicyclette le long de la Kamo admirer passer les jolies Kyôtoïtes cheveux au vent, regards dans l'azur. À propos des jardins secs sur lesquels on blablavasse, ne pas les traiter de jardins métaphysiques. Rien de plus physique que ces lieux clos habités de pierres dressées sur une masse de cailloux ratissés. Ils représentent simplement la mer, une île, une montagne. Aucun symbole, des reflets. Silence. La messe.

Je n'irai pas revoir le Ryôan-Ji. Trop de gloses et de visiteurs coincés derrière des appareils photographiques ont dénaturé ses vibrations. Elles subsistent, mais enfouies. Rappelons néanmoins — on s'arrêtera là — que, dans ce jardin, la plus importante des quinze pierres érigées sur les stries des graviers est celle qui reste cachée quel que soit l'angle de vision. On se déplace sur le rebord en bois, une nouvelle pierre devient invisible. La leçon est que... Stop !

Au cours du trajet à bicyclette vers le vaste ensemble bouddhique du Tôji où reposent, si l'on peut dire, les cendres du japonologue Bernard Frank, je m'arrête dans un jardin qui contient une pièce d'eau, une île-virgule, un pavillon, des sentiers qui montent vers des touffes d'azalées, redescendent, serpentent parmi les pins, les érables, les bambous, une tache de pivoines en bout de course.

Si on laisse un morceau de soi dans chacun des jardins visités à Kyôto, la mosaïque du visage se dessine par en dessous. Les cubes de pierre rassemblés en désordre attendent l'assembleur du dernier jour.

Le Tôji est composé de temples, oratoires, réfectoires, de bassins, d'un jardin et d'une salle de prédication qui abrite vingt et une statues disposées en mandala dont quinze seraient l'œuvre de maître Kûkaï. L'émotion est renforcée par le rappel que la représentation du Bouddha est venu d'une Grèce qui avait cheminé jusqu'en Inde.

« De vent et de poussière », ainsi sommes-nous faits selon une expression bouddhique. Seul un enfant juché sur une chaise peut saisir une poignée de vent. Quant aux poussières — ou cendres —, il est possible de les conserver dans une urne en terre cuite. J'ai admiré, aimé Bernard Frank qui a voué sa vie à comprendre le Japon, à en transmettre le bouddhisme à ses élèves avec la modestie d'un savant qui vivait son enseignement. Il est mort à la tâche. En lui, s'alliaient la culture et la fantaisie. J'étais venu à

Neuilly-sur-Seine prier, avec je ne sais quels mots, devant l'urne de ses cendres tenue par Junko, son épouse japonaise. Peintre, elle a déposé sur ses toiles des rochers emportés dans le ciel en une pérégrination dont on ignore l'issue. L'urne est maintenant conservée dans l'un des bâtiments du Tôji, protégée par des bodhisattvas qui furent les compagnons du tas de cendres qu'il est devenu.

Je me dirige ensuite vers les jardins du Myôshin-Ji. J'avais dit : pas plus de deux jardins ! J'obéis à un diablotin qui me pousse à en visiter trois dans le Taizô-in. Même si l'un d'eux est un jardin de poche, je mérite une bastonnade que je m'inflige en me rafraîchissant au Coca-Cola. À ma décharge, j'ai à nouveau saisi (mais fallait-il saisir ?) qu'il y eut, avec ces jardins japonais de méditation conçus par des maîtres du bouddhisme, une création unique dans l'histoire des hommes. On imagine une stimulation aussi intense que celle des peintres de l'Europe chrétienne qui, de style en style, ont reproduit l'histoire de l'incarnation. Ici, de style en style, les artistes des jardins ont reproduit la création qui, elle, semble hors de l'histoire.

Dans un jardin en longueur, un pétale rose venu Dieu sait d'où reste en suspens entre deux cailloux. Le vent secoue l'ombre d'un rire léger.

On peut dresser un catalogue : le style de… ou de… Mais souvent le jeu des saisons a effacé les signatures. Parfois, des artistes à genoux ont assemblé arbres et mousses avec la vision des assonances qui sortiraient peu à peu du jardin après leur mort. Ces jardins sont intransportables dans des musées et certains restent interdits à la visite. Expérience : se tenir derrière le mur qui clôt un de ces jardins réservés à la méditation des moines. Dans son sommeil le sage rayonne ainsi.

Nous nous sommes retrouvés, Ikuko et moi, à l'heure dite par une journée ensoleillée. Nous montons vers le Shisendô sur les collines du nord-est de Kyôto. Le long du chemin, des habitations espacées cachent leur luxe et leurs jardins derrière de sobres palissades. Nous prenons à droite un escalier très raide qui conduit à l'ermitage d'Ishikawa Jôsan, un guerrier reconverti dans la poésie mystique après avoir obtenu du corps de ses ennemis des flots rouges qui tombaient au sol avec des airs de pivoines épuisées. Il avait étudié la poésie chinoise puis s'était fait bâtir en 1636 sa dernière demeure qui correspondait à ses dernières aspirations : un belvédère d'où admirer la lune, un jardin sec pour méditer, un vaste jardin en contrebas pour marcher, de son pas lourd habitué aux armes, sur des mousses entre des bosquets d'azalées, de camélias géants, de bambous, de fougères et de pins. Les plus âgés ont pris le style des pins tracés à l'encre de Chine sur des rouleaux faits (sauf exception) pour rester celés dans un coffre. Protégées par une barrière, trois pivoines aux fleurs épanouies n'implorent aucune pitié avant de lâcher leur sang sur la mousse en un pur silence.

Ishikawa Jôsan regarde les pétales au sol tandis qu'une chaleur — quel souvenir ! — monte en lui. Il reste debout les mains dans le dos. Il ne s'assoit que dans le pavillon de thé, devant le jardin sec, ou pour lire les poètes chinois qui furent sa passion. Par quelle tension, ou quel abandon, les égaler ? Il peut rester ainsi des heures au printemps, le corps immobile, avec les souvenirs de ses combats qui reviennent. Il n'est distrait ni par le bruit de la cascade ni par le coup sec tiré régulièrement par un morceau de bambou qui tombe sur une pierre dès qu'il est rempli d'eau. Il remonte, vidé, pour un nouveau remplissage. Les pivoines méprisent cette régularité. Comme le poème, elles appartiennent à un temps qui leur est propre. Quelle nouvelle tête tombera avec le lever de la lune ? Patience dans l'incertain.

Les visiteurs ne sont pas autorisés à monter dans le belvédère qui domine l'ermitage. L'imagination travaille. D'un encadrement on aperçoit la lune se détacher de la terre soutenue par les pins, puis par l'étoffe noire du ciel. Sa ponctualité repose des caprices de la pivoine.

Je m'assieds devant le jardin sec. Trouver la force de ne plus entendre les groupes qui font grincer le parquet, d'être seul avec les lignes blanches sur le sable qui tirent leur force de ne conduire nulle part, de n'avoir aucun mystère à dévoiler, d'être seulement une figure qui perdure depuis plus de trois siècles. Je fixe les lignes avec l'espoir d'un abandon, prémices d'un éveil. Elles sont la mer d'un temps figé puis… mon esprit est-il dérangé ?… voici que je distingue un tracé qui rompt le travail effectué par un honorable râteau. C'est un trait léger comme le sillage d'une brindille, mais irrégulier, pris d'une fantaisie insolite qui n'est pas dans les habitudes du sable. Si les surprises sont un des charmes des jardins secs dans les compositions entre rochers, tas de sable ou courbes de lignes, les dents du râteau pratiquent la discipline. Alors ?…

La réponse arrive grâce à une petite tête qui tremble dans un trou du mur, la tête d'un lézard. Comment expliquer au jardinier que le souvenir laissé par le reptile sur son ordonnance est la touche imprévue qu'ajoute le pinceau pour donner vie à un paysage ? J'extrapole : j'imagine que la mise en branle de la vie sur terre a été faite ainsi par un artiste insatisfait de la mécanique du ciel. Je me dis également qu'au point où nous en sommes, une nouvelle touche serait nécessaire. Enlever l'envie, laisser le désir. Désirer est un élan qui nous habite quand on cesse de contempler l'astre, un manque à combler.

Chaque créateur est poussé par ce besoin : fermer les yeux, contempler l'étoile perdue, retrouver son éclat. Arrivera-t-on à l'exprimer sur une page, une toile, une partition, un corps... ? Arrivera-t-on à faire partager l'astre ?

« Parmi les fleurs écloses
sur la haie,
un papillon voltige.
Ah ! L'envie d'être avec lui,
si éphémère. »

SAIGYÔ.

Retenu par les dessins du sable, nous avions oublié le temps. Le soleil est maintenant haut dans le ciel ; nous reprenons la marche vers l'est sur les ruelles pentues. Le sanctuaire d'Hachidaï est voué au souvenir du très honoré Miyamoto Musashi, qui fut un des plus grands maîtres des arts martiaux, auteur d'un ouvrage classique sur le sujet, *Le Livre des cinq cercles (Gorin no Sho) ;* également un peintre de l'école Suiboku de Muromachi. Chantés sur des scènes de kabuki et dans des romans, ses exploits qui mariaient l'épée et le pinceau ont servi à de nombreux films (abondance de rouge) dont certains furent tournés dans ce sanctuaire. Musashi représente l'esprit de la chevalerie japonaise comme Jeanne la sainte une des versions occidentales. Combattre d'un même élan l'ennemi intérieur (le diviseur de l'âme, *dia bolos)* et, à coups d'épée, l'ennemi extérieur n'est pas cette morale à la guimauve comme l'air du temps l'aime. Raison de plus pour en comprendre les fondements et la vitalité à travers plusieurs cultures, des Celtes aux Nippons, de Moïse à Ulysse, Lancelot ou Mahomet. On guette à l'horizon son retour, on tire l'épée devant ses contrefaçons.

Reprise de notre marche sur cette colline aux demeures luxueuses protégées d'un rideau de bambous qui n'a jamais empêché l'emprise des passions. On l'a compris, derrière l'hiératisme de leurs codes sociaux, les Japonais ont besoin de fantômes. Les rituels silencieux des pavillons de thé permettent d'oublier un moment combien l'humain possède un magma bouillonnant.

« Entrons dans ce temple », propose Ikuko qui a réglé la question des fantômes et des volcans par le dévouement. Ce temple bouddhique où vivent une vingtaine de moines n'est pas à la disposition des collectionneurs de visite. Comme Ikuko en connaît le supérieur, nous obtenons l'autorisation de nous y promener, allant d'un espace blanc à un autre, poussant des portes en papier tandis que des moines en robe grise glissent, les yeux baissés. Nous nous asseyons sur le rebord d'une pièce aux murs nus qui donne sur le jardin fait d'une étendue de sable, de fleurs et de plantes, et fermé par un mur en demi-cercle. La lumière du soir met du jaune sur le rouge des azalées et des traits d'encre grise sur les sillons du sable. Cette étendue de vagues minérales apprivoise la mort. Il suffit d'accepter, d'aimer la pierre et la fleur soumises comme nous à l'abîme, sauvées par leur accord. L'homme s'en souviendra quand il pétrira la terre avec l'espoir d'une œuvre.

Je m'agrippe au chambranle de la porte coulissante devant le jardin afin de retenir une pulsion qui me pousse à sauter dans le sable, à détruire ses impeccables alignements, à retrouver d'un coup de pied le tohu-bohu primitif.

Des pas derrière nous font grincer le parquet, puis cessent. Je devine la surprise du moine découvrant deux inconnus face à son jardin qui lui dit la permanence et les saisons, jamais l'incongru. Il avance vers nous, s'arrête à nouveau dans notre dos. On l'entend respirer. Nous restons de pierre. Il pourrait avoir envie de nous effacer ; il s'en va. Glissement de la porte dans un sens, dans l'autre, claquement des montants de bois comme pour attirer les esprits. Les ombres ont creusé des grottes dans les bosquets du fond, le sable est devenu d'un noir de ciel d'orage. Nous nous levons ensemble, Ikuko et moi. Ni un mot ni un geste n'a signalé à l'autre que le temps était venu de partir. L'accord était donné par les ombres.

Nous redescendons en silence vers Kyôto alors que la nuit est tombée. Voici devant nous les lumières de la ville.

Demande d'Ikuko, alors que nous allons nous quitter :

— Qu'avez-vous préféré au cours de la marche sur cette colline ?

— La trace du lézard au Shisen-dô.

REMERCIEMENTS

Toute ma reconnaissance au Centre National des Lettres qui m'a permis, grâce à une bourse, d'accomplir ce périple.

Merci à Jean-Marie Baron, Philippe Barthelet et Christian Giudicelli d'avoir bien voulu relire attentivement ce texte. Merci à Daphné Abgrall pour la frappe.

Merci à Cyrille Javary pour ses compétences sur la partie chinoise.

François Cheng est un maître qui fait avancer par touches. L'amitié de Tadao Takémoto m'a ouvert le Japon. Goenka et Kiran Vyas m'ont donné une Inde de l'intérieur.

Évidemment, les opinions que j'exprime sur l'histoire, les peuples ou les pierres qui parlent n'engagent que moi.

